余命一週間を言い渡された伯爵令嬢の最期
～貴方は最期まで私を愛してはくれませんでした～

登場人物紹介
Characters
ステラ
余命宣告をされた伯爵令嬢。「幸せに最期を迎えたい!」と我慢せず好きに生きることを決意する。
アレクシア
第二王子で、ステラの通う学園の生徒会長。正義感が強く、ステラをよく気遣ってくれる。

イバラ
アレクシアの側近で護衛騎士。
真面目でクールな性格。
ミナ
ステラの侍女で友人。
伯爵夫妻にステラを監視
するよう命じられている。
フレディ
ステラの治療のために
アレクシアが呼んだ医師。
クラウス
ステラの婚約者。
ヒナに恋をして以来、
ステラに冷たくあたっている。
ルイ
ステラの幼い弟。
姉思いの優しい
性格。
ヒナ
平民の少女。
平民の暮らしを
嫌っている。

目次

余命一週間を言い渡された伯爵令嬢の最期
～貴方は最期まで私を愛してはくれませんでした～

始まりの日

全身に走る激しい痛み。

今まで感じたことがないほどの激痛に、私は膝から崩れ落ちた。

そんな私に気づいて、顔を真っ青にした侍女が駆け寄ってきた。

「ステラ様っ!?」

その声はひどく震えていて、あぁ、また迷惑をかけてしまった……と思った。

今朝、起きた時に感じた体の痛みと、違和感。

いつもなら薬を服用すると次第に落ち着くのに、今日に限っては治まらなかった。嫌な予感を覚えた私は、すぐに検査を受けることにした。


検査が終わり、主治医の先生は険しい顔つきで検査結果に目を通す。

けれど、その表情は一気に悲しみに溢れたものへと変わった。

「ステラ様。今回の検査なのですが、あまり良く……いえ。かなり悪い結果が出てしまいました。ですので、その……」

心の準備はいいか。先生はそう尋ねたいのだと悟り、私は頷いた。

先生は私の反応を見て、こらえるように診断結果が記載された用紙をぐっと握りしめた。

「病気が急激に進行している状態です。今朝の痛みもそれが原因でしょう」

そして続けられた言葉は……あまりにも衝撃的なものだった。

「ステラ様。貴方の命はもってあと一週間でしょう。……どうか残りの人生を悔いのないようにお過ごしください」

先生の言葉に私は、呆然とし、一気に頭の中が真っ白になった。

でも……分かっていたことではあった。

近い未来、私を待っているのは死であるということは。想像していたよりもはるかに、その時が訪れるのが早かっただけ。

そう思えば、余命一週間という宣告を受け入れられそうだ。

そして、私は決めたのだ。

もうためらっている時間はないのだと。

残り少ない時間を、無駄にしてはいけない。

心残りがないように生きよう……と。

◇□◇

外見、性格、才能、地位、富。

三拍子どころか四拍子も五拍子もそろった少女の名は、ステラという。

外見――光沢のある手入れの行き届いたミルクティーベージュの髪。星のような黄色の瞳が映える、雪のように透き通った肌。そして、誰もが見入る美しく整った顔立ち。性格――柔軟な思考と、分け隔てなく他人に接する優しい心。

多くの人が彼女に惹かれ、両親も聞き分けのいい利口な子だとステラを褒めた。

才能――勉強、運動、楽器となんでもそつなくこなし、学園には首席で入学を果たした。

地位――リリーエント伯爵家の長女として生を受け、その家名に恥じない淑女に成長した。公爵家の子息と婚約しており、将来は周囲に憧れられる貴婦人になるだろう。

富――食事にも衣服にも不自由なく毎日を生きている。

誰もがステラを『完璧』だと称えた。すべてを兼ね備えた素晴らしい存在だと口をそろえて言った。

しかしステラには、家族以外は知らない、知られてはいけない大きな秘密があった。

それはステラが難病を患っている、ということだ。

◇□◇

伯爵邸に戻ると五つ下で十一歳になる弟、ルイがステラの部屋を訪れた。そして、ステラの顔を覗きこんだ。

「姉様、いつもより顔色が悪いよ。体調が悪いんじゃない？」

その表情には不安と心配の色が浮かんでいる。そんなルイの心情を察し、ステラは言葉を紡いでいく。

「心配してくれてありがとうございます、ルイ。けれど私は平――」

「嘘だっ！　だって姉様、明らかに元気ないじゃないか！　最近、食事もろくに取っていないことぐらい知ってる！」

ルイの瞳に涙が滲《にじ》む。

確かにここのところ、ステラの食事量は極端に減っていた。そして、それを隠すように自分の部屋で過ごすことも多くなっていた。

ステラがこの病と診断されたのは、十二歳の時。

原因は不明。

診断を下した主治医は、この病は治療が難しいと言った。

だから彼は幼かったステラとその両親に丁寧に、しかしはっきり説明した。ステラが長くは生きられないこと、専門医ならば治療できるがそれには莫大な費用がかかること、そして彼自身にできるのは、数年延命することだけであるという酷《こく》な現実を……

両親は医師の話を聞き、延命治療を受けるようにステラに言った。

なにせ、その時にはステラと公爵家の子息の婚約は決まっていたのだ。二人の結婚によって、伯爵家に大きな利益がもたらされることになっていた。

両親は、ここで絶対にステラを失うわけにはいかなかった。さらに、彼らはステラに病のことを口外しないよう固く命じた。もし長く生きられないと知られてしまえば、病弱な女など価値はないと、婚約を解消されてしまうかもしれない。ステラの命よりも家の利益を優先する両親に、ステラは逆らうことができなかった。

そうしてステラはすぐに延命のための治療を受けることになった。少しでも進行を送らせるため、伯爵家を離れて治療を受ける日々を過ごし、結婚適齢期となった十五歳の秋、ようやく屋敷に帰ってこられた。それが数カ月前のことだ。

ステラは読みかけの本を閉じると、ゆっくり腰を上げる。

そして扉の前に佇むルイのもとへ向かうと、腰を折って目線を合わせ、ニコリと微笑んだ。

「……うん、嘘。本当はかなり体調が悪いんです」

「なのに五日後のパーティーに出席するつもりなの？　しかもあの男と？」

「まだ分かりませんけどね。彼、断ると思いますし」

あの男。

怒りを含んだ、棘のある声でルイが口にしたそれが、ステラの婚約者である公爵家の嫡男、クラウスのことを指しているのは明白だった。

ルイの言葉にステラが答えると、ルイは声を荒らげた。

「姉様、あの男のどこがそんなにいいの⁉　あいつはあの平民の女性ばかり気にして、婚約者である姉様のことはいつも放ったらかし。まったく大切にしてくれないじゃないか。どっちが本当の婚約者なのか分からない！」

「……確かに、本当に困った人ですよ」

「だったら……！」

「でも……大切な人なんです。私にとって彼はね」

クラウスとは、幼い頃に両親に連れられていったパーティーで出会った。

両親から「紹介したい人がいる」と言われ、向かった先にいたのがクラウスだった。

その時のことを、ステラは今でも鮮明に覚えている。

たどたどしい挨拶《あいさつ》をするクラウス。

ほんのりと頬を染めて、目が合う度に恥ずかしそうに視線を逸らす姿は本当に愛らしかった。

初めてもらった誕生日プレゼントの指輪は、治療中も手放すことなく、大切に保管していた。

本当はサイズを直して、結婚指輪をもらうその日まで身につけているつもりだった。

しかし、治療から戻ってきて、三年ぶりにクラウスに会った時、クラウスに『彼女が誤解するからあの指輪はするな』と強く言われ、ステラは従うしかなかった。

ステラに与えられた指輪と酷似した指輪を身につける彼女――クラウスの愛する平民の少女、ヒナの姿を見た時は、胸が張り裂けそうだった。

ステラはクラウスを大切に思っていた。恋愛感情はないけれど、婚約者である彼の存在を支えに、つらい治療を耐えてきたのだ。彼に他に愛する人がいたとしても、大事に思う気持ちに変わりはない。

同時に、自分にはもうクラウスの隣に並ぶ資格がないと思っていた。

たとえ自分ではなくても、ステラはクラウスが幸せであればなんでも良かった。

だから、ステラは何度も身を引こうと思った。

だが、できなかった。

許されなかったのだ。

ステラの両親は笑って『気にすることはない』と口をそろえて言った。

しかし、伯爵家のために、命を、体を、すべてを捧げろと両親の視線は語っており、自分は所詮《しょせん》操り人形……駒でしかないのだとステラは察した。

病のことは家族以外には打ち明けてはいけない、とことあるごとに念を押されていた。

伯爵家に絶大な利をもたらす、公爵家嫡男との婚約だ。公爵家との縁を望む両親は、ステラの病が公になるのをなんとしてでも避けようとし、ルイの名前を出してステラを脅した。

クラウスもまた、婚約を一方的に破棄することはできなかった。クラウスの両親がステラを大変気に入っており、申し出たとしても拒否されるのが目に見えていた。幼い頃とは打って変わって不仲になった二人の婚約は、こうして今も続いていた。

「はぁ……相手がアレクシア殿下なら僕も心から応援できたのに」

ボソリとルイが呟いた言葉に、ステラは首を傾げる。

「ルイ。今、なにか言いましたか？」

「ううん！　なんでもないよ!?　そ、それよりももしかしてどこかに出かけるところだった？　馬車の手配を姉様がしているって聞いたけれど」

ルイは慌てて話題を変える。

ステラは不審がることなく、返答する。

「ええ。私、今からクラウスのところへ行ってきますね」

「今度のパーティーのお誘いにでも行くの？」

「正しくは違うお誘い……ですかね」

ステラの言葉にルイは不思議そうに目を瞬かせた。

しかし、なんとなくだが嫌な予感を覚えた。ずっと姉の背中を見て生きてきたからこそ、感じ取ってしまった。

ステラから醸し出される、まるで今にも消えてしまいそうな……脆《もろ》くて危うい雰囲気に。

「姉様っ！」

「どうかしましたか？」

「あ、えっと……。その、今日の夜は星がとても綺麗に見えるんだって！　良かったら一緒に見ない？」

本当は今日星が綺麗に見えるかなんて知らない。つまり、咄嗟《とっさ》に出た嘘だった。

勤勉で真面目。それでいて誠実なルイだが、ステラの前では特にその傾向が強かった。だから嘘なんてステラに一度もついたことがなかった。それほどルイは焦っていたのだ。

敬愛する姉が、なにか約束をして繋ぎ止めておかないと消えてしまいそうだったから――

「分かりました。では、今日の夜、一緒に星を見ましょうか」

「う、うん！　約束ね」

「はい。約束です」

二人はそう言うと指切りをした。

◇◇

ステラは馬車に乗り、クラウスのもとへ赴《おもむ》いた。こうして公爵邸に足を運ぶのは、三ヶ月ぶりのことだった。

そのため、公爵夫妻はステラの訪問を大いに喜びつつも、「いつでも来ていいと言っているのに」と寂しさを滲《にじ》ませて言った。

公爵夫妻は知らないのだ。

ステラとクラウスの間にあるのはただの【婚約者】という肩書だけで、まったく愛はないということを。

そして、クラウスがヒナという平民の少女を愛しているということを。

公爵夫妻の中では、ステラとクラウスは仲睦まじかった昔のままの姿が描かれている。


ステラはクラウスの従者であるアルスの案内のもと、公爵家の渡《わた》り廊下《ろうか》を歩いていく。

この渡《わた》り廊下《ろうか》の先に、別邸があるのだ。

「アルスは別邸に入ったことはありますか？」

「はい。ただ、クラウス様が勉強に集中したいからと立ち入りを禁じられているので、お呼びがあった時だけです。……それがどうかされましたか？」

「いえ、ただなんとなく気になってしまって」

別邸は、クラウスが両親に「勉強に集中したい」と頼みこんで建ててもらったと聞いた。

しかし、クラウスは別邸で勉強に勤しんでいるわけではない。

そこで恋人のヒナと密会しているのである。

婚約者がいるにもかかわらず、別の女性と会っているなんて知られたら大問題。だからクラウスは別邸への立ち入りを禁じているのだ。

「クラウス様。ステラ様をお連れしました」

「……ステラの立ち入りを許可する」

別邸の茶色の扉の奥から聞こえてきた声は、不機嫌そのものだった。とても来訪した婚約者に向けるものではない。

感づいたアルスは、表情を少し強ばらせた。一方ステラは、笑みを崩すことはなかった。

「アルス。案内、ありがとうございました」

アルスをねぎらったステラは、一人で別邸の中へと進んだ。


別邸の中は、甘い香りが充満していた。

香かなにかだろうか。やけに甘ったるい香りは、気分が悪くなりそうなほどに強烈なものだった。

出迎えたクラウスは歩き出す。ステラは追いていかれないようにと後を追う。

そして客間の前でクラウスは足を止めると、不機嫌な声と表情で言った。

「手短に済ませろ。お前に割く時間なんてないからな」

部屋に入ると、そこにはすでに先客がいた。

クラウスはその先客――ヒナの隣に腰を下ろす。

二人は不満げな表情でステラを見つめてきた。

二人の時間を邪魔するなと言わんばかりに。

一方のステラはこの光景に覚えがあった。

――前に一度来た時と同じ状況ですね。

ステラは前に一度この別邸を訪れたことがあった。

それは療養から戻ってきたばかり、約一年前のことだ。

どうしてもクラウスと話がしたくて、誤解を解きたくて、ステラは必死な思いで別邸を訪れた。

けれど、そこでステラを待っていたのは残酷な現実だった。

クラウスの心には、もうステラはいなかったのだ。

別邸を建てた本当の理由は、密会をするためだと知らされた。

そして「俺達の時間を邪魔するな」と追い返されてしまった。

だからだろう。釘を刺したにもかかわらず現れたステラに、クラウスは怒りを露わにした。

「……俺とヒナの時間を邪魔するなと言っただろう。なぜ来た？」

「お話があって参りました」

「はぁ？　話ぃ？　クラウス、こいつの話なんて聞かなくていいですよぉ。私との時間のほうが大切でしょう？」

丸い瞳をうるうると揺らして、ヒナは上目遣いでクラウスを見た。

小動物のような小柄な体。

可愛らしい顔立ち。

ソプラノの甘い声。

肩口までの内巻きの金髪とルビーのような赤い瞳。

微笑む姿はまるで太陽のように眩しくて、ステラとはなにもかもが正反対の少女である。

まるでステラに見せつけるかのようにクラウスの腕に抱きつき、擦り寄るヒナ。

そしてそんなヒナの頬に手を添え、耳元でなにかを囁《ささや》くクラウス。

ステラは困ったように微笑む。

クラウスと、少しでも昔のような関係に戻りたかった。疎まれていたため諦めていたが、一緒にしてみたいことがあった。

だからステラは最後の悪あがきをしに来たのだ。

――残りの一週間くらい、悔いをなくせるよう、私の好きなようにしてもいいでしょ？

「クラウス、貴方の一週間を私にいただけませんか？」

「断る」

「そうそう！　お断りよ！　というかアンタ、私からクラウスを取る気なの⁉」

「取るもなにも、そもそも彼は私の婚約者ですよ」

「た、確かにそうだけど……！」

怯むヒナ。これ以上口を挟むことはなさそうなのでステラは続ける。

断られるのは想定内だ。

だからステラは切り札を用意してきた。

「もしこの願いを聞き入れてくださるのなら……一週間後、お父様にクラウスとの婚約を解消してもらえるようお話ししようと思います」

ステラの言葉にクラウスとヒナは目を見開いた。

あまりにも分かりやすく反応を示す二人に、ステラは笑いを噛み殺した。

ヒナは瞳を輝かせながら、クラウスに言う。

「こんなの飲むしかないよ！　ね、クラウス！」

しかし、クラウスは疑いの目をステラに向けた。

「なにが目的だ？」

「目的は最初に言った通りです。貴方の一週間が欲しいのです」

「なぜ俺の一週間が欲しい？」

「婚約を解消するのです。最後の一週間ぐらい、貴方との時間を楽しみたいと思うのはおかしなことですか？」

ステラの言葉に、クラウスはどうしたものかと頭を悩ませた。

公爵と夫人がステラを気に入っている以上、クラウスがどう頼みこんでも婚約は解消させてもらえない。ステラから願い出てくれるのなら、クラウスにとって願ってもないことだった。婚約解消はほぼ確実に実現できると言っても過言ではないだろう。

一週間我慢すれば晴れて自由の身。

そうすれば愛するヒナと堂々と恋人として過ごすことができる。

「分かった。その条件、飲もうじゃないか」

「それは良かったです。では早速ですが、明日からヒナさんとの密会は御遠慮ください」

「「は？」」

ステラの言葉に見事に二人の声が重なった。

「ヒナと会うことがなぜ駄目なんだ!?」

「クラウスの一週間をいただくと言いましたよね？　その一週間の予定の中にクラウスがヒナさんと過ごす時間などありません」

「アンタ、いい加減に……！」

身を乗り出すヒナをクラウスが止める。

「待て、ヒナ。一週間我慢すればいいだけの話だ。ここはステラの指示に従うぞ」

「クラウスは私と一週間会えなくていいの!?」

「俺だって辛いさ。だが、ステラとの婚約を破棄した後のことを考えるんだ。……絶対に幸せな未来がそこにはある。だから一週間の辛抱だ。分かったか？」

「……クラウスがそう言うなら」

優しくヒナの頭を撫でるクラウス。

まるで永遠の別れを惜しむような彼らの姿に胸が痛くなる。クラウスの優しさを一身に受けるヒナが羨ましい。

――本当に永遠の別れになるのは私のほうだというのに……

けれど、そんな感情は表に出さないようにしまいこみ、ステラは微笑みながら告げた。

「では、明日からよろしくお願いします」

◇□◇

その夜、ステラはバルコニーでルイと共に美しい星空を満喫していた。

「ルイの言っていた通り、今日はとても星が綺麗ですね」

「うん！　とても綺麗だね」

まだ少し肌寒い春の季節。

冷たい風がふわりと吹き、ステラは体を震わせた。

そんなステラを見て、ルイは慌てて肩掛けを持ってきて、ステラの肩にそっとかけた。

「ありがとうございます、ルイ」

「まだまだ肌寒い日が続きそうだね。姉様、体調は大丈夫？　無理だけはしないでね」

「ルイは心配性ですね。私は平気ですよ」

ステラはそう言うと、メイドが用意してくれた紅茶を口に運ぶ。

そしてゴクリ、と少しためらい気味に飲みこんだ。

淹れたての紅茶が冷えた体を温めてくれた。

「それで……どうだったの？」

「クラウスとの件ですか？」

「うん、なにかのお誘いに行ったんだよね」

「承諾していただけましたよ」

「え、本当に⁉　あの男が姉様の提案に素直に頷くなんて」

ルイは目を丸くして声を上げた。

ステラはシーと口元に指を立てる。ルイは慌てて口を塞ぐが、もう遅く、ステラはクスクスと笑った。

それにしても、ルイの中でクラウスはとんでもない男として認識されているようだ。確かに頑固な男ではある。

「もちろん、とある条件付きで……ですが」

「条件？　というか、なんのお誘いをしてきたの？」

「クラウスの一週間をください、とお願いしてきました。承諾していただけるなら、一週間後に婚約の解消を父にお願いするという条件で」

「ど、どうして急に婚約解消なんて！　まさか姉様、体調が悪いっていうのは……」

ルイの瞳にみるみるうちに涙が溜まっていく。

ステラは紅茶の入ったカップをテーブルに置くと、ルイに一歩近づいた。

そして膝を曲げて目線を合わせる。

「姉様の体調のこと、父様と母様は知っているの？」

「伝えていません。伝える気もありません」

「どうして？」

「言ったところで、結婚を急かされるだけで良いことはなにもないでしょう。あの人達の私に対する態度や思考が変わるとは到底思えません。それに……最後なんです。最後まで言いなりでいたくありませんから」

ステラの言葉にルイは唇を噛みしめる。

ステラは明言しなかったが、病気が想像以上に進行しているのだ。一週間後に婚約の解消を願い出ると言っているくらいなので、考えたくはないが、残された時間は長くないのだろう。

ルイは無力な自分が大嫌いだった。

姉の背中を見ていることしかできない、守られてばかりの自分が。

もし弟じゃなくて自分が兄だったら……。ステラはもっと違う運命を歩むことができたのかもしれない。

幼いながら、そんなことばかり考えて小刻みに震える小さな体を、ステラはそっと優しく抱きしめる。

余命宣告を受けた時、ステラは自分に素直になろうと決めた。

だから、三年前から関係が拗れてしまったクラウスの時間をもらった。幸せだった幼い頃の距離感を、取り戻したかったから……

クラウスと一緒にしてみたいことが、ステラにはたくさんあった。

もうこの命は長くないのだから、最後くらい好きに生きてみたい。ステラにとっても、クラウスにとっても、記憶に残るような最後の思い出を作りたかった。

せめて、少しでも昔のように戻れたら……クラウスを想い、治療に励んだ苦しい日々は無駄ではなかったのだと、あの頃の自分を慰められるだろうから。

そして同時に浮かんだのがルイのことだった。

自分がいなくなった後、この子はどうなってしまうのだろうか。

次期当主として毎日努力するルイを誰よりも知っているからこそ、ルイが立派な当主になることをステラはみじんも疑っていない。周囲の者達もそうだろう。

けれど、やはり彼が立派な大人になるその時まで……傍にいたかった。

「貴方は私の自慢の弟ですよ、ルイ」

ステラはそう囁《ささや》くと、ルイの頭を優しく撫でた。

その言葉に、コップから水が溢れ出るようにルイの瞳から涙がこぼれはじめた。

——ずっと一緒にいたい。

——置いていかないで。

——一人にしないで。

次々に溢れ出る言葉。

その言葉の一つひとつに頷きながら、ステラは「ごめんね」と繰り返した。

一日目
◇午前

翌日。王立クラリアル学園へとステラは向かう。

王立クラリアル学園は初等部から高等部まであり、貴賤を問わず優秀な学生が集められている。

幼い頃から家庭教師をつけられた貴族の子女、彼らを実力で抜いて入学を果たした平民たちが、学園で成績を競い合っていた。

そんな学園に向かう途中の馬車の中で、日課の読書を嗜《たしな》むステラの前には、つまらなそうに窓の外を眺めるクラウスの姿があった。

——クラウスの一週間をいただけませんか。

そう告げたステラがまず一日目に実行したのが、一緒に登校することだった。

「そうでした……！」

ステラは思い出したように本を閉じると、鞄《かばん》から予定帳を取り出す。

「言い忘れていましたけど、今日は昼食を作ってきたんです。一緒に食べましょうね」

「はぁ!?　昼もお前と一緒にいないといけないのか!?」

「それと、今日と明日は授業が終わったら少し付き合ってください。行きたいお店があるんです」

「そんなの俺とじゃなくて友人の令嬢達と行けばいいだろ？　あ、そうか。お前、友達いないもんな」

嫌みったらしくクラウスは言った。

ステラは宣言通りクラウスと共に一週間を有意義に過ごすつもりだ。

しかし、クラウスは違った。

愛するヒナと一週間も会うことを禁止され拷問のように感じていた。自分だけ心理的ダメージを受けて、ステラは無傷で済むなどクラウスは断じて許せなかった。だからステラが気にしていることを取り上げて攻撃したのだ。

実際、ステラの交友関係は広くて浅いものばかり。

容姿端麗で成績優秀、物腰も柔らかいステラは誰もを惹きつける。その一方で、誰もが恐れ多いと近づくのをためらってしまい、まるで芸術品を鑑賞するように一歩引いてステラに接するのだ。

学園で生徒会に所属しているのも、品行方正な印象を強めていた。

それ故、ステラには未だに友人と言える相手がいない。

「友人がいないなんて可哀想な奴だ。俺を縛るよりも、友人作りに専念したほうがいいんじゃないか？」

だが、ステラは気にせずに返す。

今専念すべきことは、友人作りではなく、クラウスとの関係の改善なのだから。

「では、貴方が友人としてお付き合いくださいい。婚約者ではなく、友人として。それならクラウスも少しは心にゆとりができるのでは？」

「は？　……友人も勘弁してほしいが、まぁ、婚約者として接するより百倍はマシだな。それにしても、出かけたいなら他の奴でもいいんじゃないか？　たとえば生徒会のメンバーとか」

「そうですね……。生徒会の方達には良くしていただいています」

「そうだ、そうだ。特にアレクシア殿下とは随分親しい様子だったじゃないか。誘ってみたらどうだ？」

　誰かいないかと考えて、真っ先に浮かんだのがこの王国の第二王子であり、学園の生徒会長を務めるアレクシア・クラリアル・ルドルフだった。ステラと過ごすこの時間を代わってくれるなら誰でもいいのか、クラウスは投げやりに言った。

　生徒会の仕事で学園内を歩く二人の姿を、クラウスをはじめほとんどの生徒が頻繁に目にしていた。クラウスという婚約者がいるからか関係を疑われることはないが、完璧な令嬢であるステラはアレクシア殿下の友人として相応《ふさわ》しいと噂されていた。

　公爵子息であるクラウスは、アレクシアと幼い頃から付き合いがある。だからこそ、大変心優しい人間である彼ならば間違いなく誘いに乗ってくれるだろうと思った。

「アレクシア殿下はお優しい方ですからね。頼めばご一緒してくださると思います。けれど……クラウス。貴方じゃないといけないんです。貴方じゃないと意味がないのです」

　真剣な表情、真っ直ぐな瞳で、ステラは言葉を紡いだ。

　その視線を受けて、クラウスはそれ以上言うことができなくなった。

「……そもそもの話だが、お前は放課後に店とかに寄ってもいいのか？」

「お父様とお母様には、図書館で勉強するので遅くなると伝えています。むしろ二年生に向けての勉強だと話したら褒めてくれました。私たちももうすぐ二年生ですから。あ、勉強会も外せませんね……。明日のお昼休みにしましょう」

そう言ってステラは予定帳に書きこんだ。これまでクラウスと共に勉強をしたことはない。初めてのことだ。いい思い出になるだろう、と自然と笑顔になった。

その様子に、肩を竦《すく》めるクラウス。

「ほんと……なんでお前なんかと登校して昼飯も食って、放課後まで時間を使わなきゃいけないんだよ」

「一週間の辛抱ですよ、クラウス。頑張って」

「お前が俺に辛抱させてるんだぞ。応援する立場かよ……」

「はい。だって貴方の一週間をいただいているんですから」

そう言って笑うステラに、クラウスはため息をこぼす。

これがヒナとなら……と考えているのだろうと思い、ステラは少しだけ表情を曇《くも》らせた。

ステラの想像通り、ヒナは今頃家の農作業の手伝いを頑張っているのだろうと思い浮かべながら、クラウスは外へと視線を移そうとした。その時見えたステラの横顔。

その横顔は、あまりにも淋しげで、同時に諦めのようなものも感じさせた。

まるで誰かを想い、その想いを抑えこんでいるような。

そしてすべてを諦めた……そんな表情。

静かに外を眺めるその横顔を、不自然に思わなかったわけではない。

けれど、自分には関係ないことだと片づけて、クラウスもまた窓の外へと視線を向けた。

◇午後
「クラウス。迎えに来ましたよ」

昼休みの開始をしらせる鐘が鳴ってしばらくして、ステラはクラウスの教室に顔を出した。

それと同時にザワつきはじめる生徒達。

それもそのはず。普段他クラスに滅多に顔を出さないステラの訪問。そしてその理由がクラウスなのである。

二人が婚約していることは、学園の生徒にとって周知の事実であった。

しかし、こうして実際に二人が学園で顔を合わせている場面を見るのは誰もが初めてだった。その珍しい光景に、自然と生徒達の視線が集まってしまうのも無理はない。

それにいち早く気づいたクラウスは教科書を片づける手を止めて、慌ててステラを連れて教室を飛び出し、空き教室へと入る。

その様子に黄色い声が沸き上がる。「お二人が手を繋いでいらしたわ！」「一体どこに向かわれたのかしら⁉」「婚約者ですもの、二人きりで話したいことがあるに違いないわ」などと口々に生徒達は妄想を語った。しかし、実際はそんな甘い展開ではない。

空き教室に連れてこられたステラは、なおも廊下《ろうか》から聞こえる黄色い声に肩を竦《すく》めた。そして、先程から一向に口を開かないクラウスへと声をかける。

「空き教室ですか……。昼食をご一緒できるのならどこでも構いませんが、せっかくですし外で食べませんか？　こんなにいい天気なんです。部屋の中でなんてもったいないです」

するとクラウスがようやく口を開き、堪えかねたとでもいうように声を荒らげた。

「そんなことよりもなぜ教室に来たんだっ⁉　学園では関わるなと言っただろ！」

「ですが、待ち合わせ場所をお伝えし忘れたのですから、迎えに行かないとクラウスと合流できないじゃないですか」

「そもそも伝え忘れることが論外だ！」

「私だって人間です。忘れることくらいあります。……ではこうしましょうか。明日からは人目につかない校舎裏に集合です。そこでお昼をいただきましょう。それでどうですか？」

激怒するクラウスに、ステラは一切動じなかった。

クラウスの反応は想定内だったからだ。

そんなステラにクラウスは肩を竦《すく》めた。一人怒り、声を上げているのが馬鹿らしく思えてきたからだ。

それから二人は校舎裏へと移動した。

その間、多くの生徒達の視線を集めることになってしまい、クラウスの機嫌は悪化していった。

校舎裏に到着した頃には、ステラの言葉に一切反応を示さないほどになっていた。

「シートを敷いたのでどうぞ」

「お前はこの俺をシートに座らせる気なのか？」

クラウスは本来なら気にもしないような些細《ささい》なことに口出しした。

ステラが少しでも困る様子を見たかったのだ。

しかし、ステラがクラウスの策略にかかることはなく、目を瞬かせた。そんなことを言われるとは思っておらず、きょとんとする。

「シートはお嫌いでしたか？　野原に直接寝転ぶような人でしたのに、人は変わるものですね」

「む、昔の話は関係ないだろ！　俺は大人になったんだ！」

「そうですか。では明日から椅子を持って参りますね。どのような椅子がご希望ですか？」

「いや、もういい……」

クラウスは大きなため息をこぼして黙った。なにを言ってもステラに口で勝てるとは思えなかったため、ヒナとの時間を想像して堪えることにしたのだ。

「クラウス。どうぞ」

ステラはそう言って持ってきたバスケットを開いた。

「……サンドイッチか」

「はい。クラウス、お好きだったでしょう？」

「昔の話だ」

「そうでしたね。では、今はお嫌いですか？」

「さぁな」

クラウスはそう告げると、ステラからバスケットを受け取り、サンドイッチを取り出した。

ハムとキャベツ。そしてソースで味つけされたごく普通のサンドイッチ。

クラウスがそのサンドイッチを少しの間眺めてから、口へと運ぶのを、ステラは息を詰めて見つめた。

ふんわりとしたパンの食感。

キャベツのシャキシャキとした歯応え。

肉厚ながらも、柔らかなハム。そして覚えのあるソースの味。

「……懐かしい味だな」

「よくサンドイッチを持って出かけましたね」

「そう、だったな」

二人は幼い頃の記憶に思いを馳せた。

よく二人でピクニックをした。

美しい湖の見える場所で、シートを広げ、二人で座って。

料理なんて普段はしないステラだけれど、クラウスのためにとサンドイッチを作ってピクニック
の度に持っていった。

クラウスは一生懸命作るステラの姿を思い浮かべながら「美味しい」と何回も嘘をついた。

本当は味がしない日もあった。

歪な形で見栄えが悪い日もあった。

時には嘘でも美味しいとは思えない日もあった。

けれど、クラウスは「美味しい」と言い続けた。

本当のことを伝えたらステラを悲しませてしまう。そう思ったからだ。

「あの時、本当は美味しくなかったでしょう？」

「き、気づいていたのか!?」

「まぁ、気づいたのは最後の時ですけど。メイドが私の作ったサンドイッチを食べて、味がおかしいことに気づいたんです。クラウスは無理して美味しいって言って食べてくれていたんですよね」

「メイドが気づいた……ってお前。余程の味覚音痴なのか？」

「……そうですね。私、かなりの味覚音痴みたいなんです。メイドには心底驚かれましたよ」

ステラは明るい声色で言った。

しかし、実際は笑い話なんかではない。味覚音痴ではなく、ステラが患った病の症状だったのだ。

今もステラは味覚を失ったままだ。

ステラもサンドイッチを口に運ぶ。

本当は食欲なんてまったくない。けれど、無理矢理サンドイッチを口に入れた。

相変わらず味はしない。

ただの固形物を口に含み、咀嚼《そしゃく》し、恐る恐る……飲みこむ。

本来ならためらいもなく、容易《たやす》くできることだけれど……ステラにとってはあまりにも困難なことへと変わってしまっていた。

ステラは横目でクラウスの様子を窺《うかが》う。

ステラに興味がないからか、クラウスは幸いにも彼女の異変には気づいていないようだ。それに安堵しつつ、最後の一口を無理矢理口内に詰めこんだ。

「……上達したんだな」

「え……」

突然のクラウスの言葉にステラは驚く。しかも、嫌みではなく素直な賛辞を彼は発した。

ステラは溢れ出そうになる歓喜をなんとか抑えこむ。

治療中、いつもクラウスのことを考えていた。

次会える時のことを考えて、体調が良い時は料理の練習をした。

今度は美味しいものを食べてほしくて。心から美味しいと言ってもらいたくて。

――まぁ、それはなかなか叶わなかったんですけどね。

三年間の治療生活を送り、屋敷に戻ってきたのが一昨年の秋。その頃にはクラウスの心にはヒナがいた。

少し時間はかかり、且つ険悪な関係にはなってしまったが、もう一度料理を食べてもらえ、美味しいと言ってもらえて、報われたような気持ちになった。

そしてなにより……

「なんだよ？」

「いえ。また明日も作ってきますね」

「明日も一緒に食べなくちゃいけないのか……」

「一週間の辛抱ですよ。ですから……少しだけ我慢してくださいね」

ぎこちなさは消えないものの、昔のように肩を並べて食事ができたことがステラは嬉しかった。

「明日の昼休みはお勉強会をしましょうね」

「本当にするのか？」

不満げに言うクラウスにステラは頷く。

「もちろん。得られるものも多いでしょうし」

「言っておくが、俺はお前に教わるなんて絶対に嫌だぞ」

どうやらステラに勉強を教わるのは嫌らしい。

対抗心か、それとも嫌悪感からか。あるいは両方か。

「……個人で黙々とやる勉強会を予定していますから安心してください」

「おい。最初の間はなんだ？」

「気のせいですよ」

サンドイッチを手に取る。

上達した料理の腕前。けれど、一向にうまくいかないクラウスとの関係。

ステラはただぼんやりとサンドイッチを見つめた。

◇□◇

放課後。

「ステラ」

聞き慣れた優しい声がステラの名を呼んだ。

廊下《ろうか》を歩いていたステラは足を止め、振り返る。

ふんわりした黒髪と、ミルクティーベージュの瞳。端正なその顔立ちは、王族の血を引く者に相応《ふさわ》しく整っている。

そんな人物――アレクシアの姿を捉えて、ステラは会釈をする。

「アレクシア殿下。お疲れ様です」

「あぁ、お疲れ様。ごめん、急に呼びとめて」

「いえ、お気になさらず。殿下はもしかして生徒会のお仕事ですか？　私もなにかお手伝いを……あ」

そこでステラはハッとした。そうだった。これからクラウスと出かけることになっているのだ。

無理矢理約束を取りつけた以上、その約束を破ってしまうのはあまりにも非常識だ。

けれどアレクシア一人に仕事をしてもらうのも申し訳なくて……難しい選択に、ステラの良心が揺らぐ。

眉間にシワを寄せて困ったと唸《うな》るステラに、アレクシアは笑う。

「お気遣いありがとう。だけど、次の会議の資料を配っているだけだから大丈夫だよ」

そう言って資料を差し出され、受け取る。

「急いでいるところを呼びとめて悪かった」

「いえ。構いません」

「それなら良かった。てっきりクラウスと待ち合わせをしているのだとばかり思っていた」

「……三年生のアレクシア殿下までご存じなのですか」

少し目を見開くステラ。

二人が共に昼食を取っているところを見かけた生徒が言いふらしたようだ。昼休みが終わる頃には、クラスメイト全員に知れ渡り、ステラは質問攻めにあうことになった。

教室に足を運んだだけであれほど注目されたのだ。昼食を共に取れば、さらに大騒ぎになることは予想していたが……アレクシアの耳にまで届くのは予想外だった。

「俺も驚いたよ。君達は最近……いや、君が留学から帰ってきてから一緒にいる姿をあまり見たことがなかったから」

「パーティーにも出席していませんでしたしね。驚かれるのも無理はありません」

「……前から思っていたけれど、大丈夫なのか？　ステラにこんなことを言うのも心苦しいが、クラウスに関してはその……最近あまりいい噂を聞かない。平民の女性と密会しているところを見たという者もいる。ただの噂に過ぎないかもしれないけど……」

「心配してくださりありがとうございます、アレクシア殿下。やはり殿下は優しい方ですね」

そう言ってステラは微笑んだ。

けれど、その笑顔は疲弊している。

結局勉強会について良い返事はもらえなかった。

クラウスとの関係改善は難航中である。

どうやらアレクシアは、疲れた様子のステラを放っておくことができなかったらしい。

「ステラ。何度も繰り返すようだけど、俺に力になれることがあれば頼ってほしい。これ以上の無理は良くない」

改めてアレクシアの優しさに触れ、ステラは顔を綻ばせた。

こうしてアレクシアがステラの身を案じてくれるのは、これが初めてではない。

療養生活を終え、学園に入学して以来、何度も手を差し伸べてくれている。

けれど、ステラは彼の手を取ることが怖かった。クラウスがいるからではない。

その優しさに触れてしまえば、溺れてしまう。

そう分かっていたからだ。

その優しい手をやんわり拒んできたステラだったが、今回だけは触れてみることにした。

「……では、お願いがあるのですが、聞いていただけますか？」

「あぁ！　もちろん！」

「実は、明日のお昼休みにクラウスと勉強会をしようと思っているんです。最近、彼は成績が伸びず、悩んでいるようです。よろしければ、そこでアレクシア殿下のお力をお貸しいただけたら……と。彼、私に教わるなんて絶対に嫌でしょうから」

クラウスの自尊心の強さ……加えて、ステラに対する嫌悪感故に、間違いなく二人だけでの勉強会は成立しない。そう確信できた。

「……やっぱりクラウスなのか」

「アレクシア殿下？」

「いや。なんでもないよ。ステラの頼みだ。引き受けるよ」

「あ、ありがとうございます……！」

ステラは安堵した。

自分の言葉がクラウスに届くことはないが、アレクシアならば届くだろう。

それにアレクシアは入学以来一位の成績を保ち続けている秀才で、教え上手でもある。間違いなくクラウスの力になってくれるだろう。

「……そういえばステラ。どこかに向かう途中だったんだよね？　引きとめてごめん。人を待たせているんだったら、早く向かったほうがいい」

「そ、そうですね……。では、明日のお昼休み、よろしくお願いします。失礼いたします」

ステラは頭を下げ、待ち人……クラウスのもとへと向かう。

きっと待ち合わせ場所で怒りを露わにしながら待っているのだろう。ただでさえご機嫌ななめなのだ。これ以上機嫌を悪化させては大変なことになりそうだ。

急がないといけない。そう思う一方で、ステラの脳裏からは、先程のアレクシアの姿がどうしても離れなかった。

——お願いをした時、殿下は悲しそうな顔をされていました……

クラウスのために協力してほしいと頼んだ時、アレクシアが切なげな表情を見せたのだ。けれどそれは一瞬のもので、すぐに快く引き受けてくれた。

でもいつもの彼らしくない笑顔だったようにも思えた。

一向に消えてくれないモヤモヤした思いを胸に、ステラはクラウスのもとへと急いだ。

◇□◇

「すみません、お待たせしました！」

校舎裏に向かうと、すでにクラウスの姿があった。

明らかに不機嫌です、という雰囲気を漂わせて。

「遅いぞ。お前が放課後付き合えと言うから俺はわざわざ時間を作ってやっているというのに！　俺の貴重な放課後の時間を無駄にしやがって……！」

「本当にすみません。アレクシア殿下と次の会議のことで少し話してしまいまして」

ステラの謝罪にクラウスは肩を竦《すく》める。

もっと責め立ててやりたいところだが、シュンと項垂れ、申し訳なさそうに眉を下げるステラの姿を見てやめることにした。

十分に反省しているようだし、なによりステラに非があるわけではないのだ。

実際、ステラは生徒会役員という役目を担っており、役員として学園中を駆け回っていた。

「生徒会役員の忙しさは相変わらずだな」

「大変ではありますが、やりがいがありますよ」

ステラは鞄《かばん》からアレクシアから渡された会議資料を取り出し、クラウスに見せた。

「疑われてはいなそうですが、念のため証拠として提示させていただきます」

「……生徒会の仕事だろうと予想はついていたからな。仕事で遅れたのなら責めるわけにもいかないだろう」

「そう言っていただけて良かったです。ですが、待たせてしまったので謝罪を。遅くなってしまい、申し訳ございません」

ステラはクラウスに深々と頭を下げた。

秀才で完璧な婚約者。けれど、気取った態度は一切見せない。

皆と平等に接し、常に善と悪を見極め、偽りなく真実を通す。

善人という言葉は、ステラのためにあるようなものだと、クラウスは思う。

「いいからさっさと行くぞ。そしてさっさと帰る」

「今日はお急ぎのご用事が？」

「試験勉強だ。来週からだってのに、お前は随分と余裕そうだな。まぁ、首席のお前にとっては、今回の試験も余裕なんだろうが……」

クラウスがゆっくりとステラのほうへ体を向け、二人の目が合う。

クラウスは常に一桁の成績を保っている。

けれどいつもあと一歩……というところでステラに及ばず、ステラが心配していたようにそれ以上成績が伸びずにいた。

クラウスはそこで放り投げることはせず、ステラを追い越そうとしてきた。

背中だけを眺め続けてきた。しかし、それだけではいけない。追い越さなければいけないのだ。

その時、そうクラウスは気づいた。

「次は絶対に負けない。俺は全力を尽くす。だからお前も本気で来い」

言葉だけじゃない。必ず実行してみせる。

……クラウスの瞳はそう強い意志を秘めていた。

その真っ直ぐな言葉を聞いて、ステラの心には大きな戸惑いが生まれた。

なにせ、試験が始まるのは来週からだ。

その時にはもうステラは……

ステラはクラウスの言葉になにも返すことができなかった。

「お前がすぐに反論してこないとは珍しいな」

違和感を覚えたらしいクラウスが、怪訝《けげん》そうな視線を向けてくる。

だから、ステラは悟られないように無理矢理笑顔を作った。

作り笑いは得意だった。

「……いえ。その宣戦布告、受けて立ちましょう。絶対に手は抜きません。次も必ず私が一位を取りますよ」

ステラの言葉に、クラウスは三年ぶりに彼女に対して笑ってみせた。

その言葉を待っていた、と言わんばかりに。

◇□◇

それから二人は学園を後にして、とある店に足を運んだ。

甘い香りが充満する店内。

ステラは浮立ったような足取りで、ウエイターの案内する席へと向かう。

そしてテラスの席に腰を下ろすと、満足げに言う。

「実は私、放課後学園の方とお茶をするのが夢だったんです」

「随分と安い夢だな。よりにもよってなぜ俺が叶えなければいけないんだ」

不満そうにそう呟いて、クラウスは盛大なため息を吐いた。

ステラが案内した店は、パンケーキが有名な、学生に人気の喫茶店だった。

クラウスもまた、友人やヒナからこの店についてよく聞いていた。まさかステラと来ることになるなんて想像さえしていなかった。

店内にいるのは甘い雰囲気を醸し出した恋人達ばかりで居心地が悪い。

「……ヒナと来たかった」

注文をした後、ポツリと呟かれたクラウスの本音。

胸が苦しくなったが、ステラは平静を装って答える。

「今度来たらいいじゃないですか。一週間後には自由の身になれるのですから」

「ヒナがずっと来たいって言っていた店なんだよ、ここ。なのに最初に来るのがお前とか……本当に最悪だ」

「本人を前にして堂々と最悪なんて言える貴方を、ある意味尊敬します」

「あぁ、堂々と言うさ。俺はお前が大嫌いだからな」

「心底嫌われているようですね、私は」

分かりきっていたこととはいえ、やはりこうもハッキリと告げられると胸が痛い。

ステラは必死に感情を押し殺した。

「言っとくが、俺は悪くないぞ。全部お前のせいなんだからな、ステラ。お前が先に俺を見捨てたんだ」

まるで刺すような視線だった。

ステラはいっそう強く痛む胸にまた気づかない振りをして、微笑む。

「見捨てるだなんて……。私はただ留学していただけですよ？」

そして……また嘘を吐いた。

その罪悪感がまたステラの心を苛んだ。

二人の間にある空白の三年間。

その三年の間に、クラウスの中で大きな心の壁が築かれていた。

「婚約者の俺にもなにも告げずに？　手紙もまったく寄越さないでか？」

「……お父様がクラウスに伝えていた通りですよ」

留学なんて真っ赤な嘘だ。

ステラの病の治療には莫大な費用がかかると宣告された。それは、クラウスとの結婚で伯爵家にもたらされる利益を上回るものだった。

そこでステラの両親は考えた。それほどの金が必要ならば、治療はせずとも良い。ただ、公爵家との繋がりを逃すことはあまりに惜しい。結婚まで命を繋がせることさえできれば、どうとでも言い訳ができるだろう。

その結果が、延命を目的とした治療だった。

ベッドの上から動けない日々が続き、ようやく動けるようになって、リハビリまで終えたのは、病を患って三年が経った時だった。

当時のステラは両親を信じていた。

だから……手紙を送ることが禁止されたことをなにも疑わなかったし、クラウスにはきちんと自分の思いが伝わっていると思っていた。

『お父様！　たとえ離れ離れになってもずっとお慕いしています、とクラウスに伝えてください！　そして病を完治し、必ず元気になって貴方のもとに戻ってくる……と』

『……分かった。クラウスには私達から伝えておく。だからなにも心配することはない』

両親はそう言った。

だからステラは安心して、治療を受けていた。すべては元気になって再びクラウスと笑い合うために。

しかし、治療から帰ってきたステラを待っていたのは、クラウスの激しい拒絶だった。

両親はクラウスに何も伝えていなかったのだ。

治療を受けていた期間、ステラはクラウスに一報もいれずに留学していたことになっていた。

すぐにクラウスに説明しようとしたが、両親は病について秘密にするようにとステラに釘を刺した。

もちろん、最初はあらがった。

もう両親を信じることができなかったからだ。

しかし……

『もし公言してみろ。ルイの命は……ないと思え』

その脅しはステラのすべてを容易《たやす》く縛りつけた。

両親は分かっていた。五歳下の幼い弟が……ステラの一番の弱点であることを。

——ごめんなさい、クラウス。本当のことを伝えられなくて。私の我儘に付き合わせてしまって……けれど、これで最後だから。

つまらなそうな表情でパンケーキを口に運ぶクラウス。

その姿に胸がギュッと苦しくなった。

——もう私には、昔のような笑顔を見せてもらえる権利はないのでしょうね。

ステラもまたパンケーキを口に運ぶ。

夢にまで見た、クラウスとの久々の外出。

気になっていた今話題のパンケーキ。

ふわふわで甘くて、蜂蜜をかけると美味しさが増すのだとクラスの子達が言っていた。

けれどステラにとってはなんの味もない、ただ柔らかいだけの固形物に過ぎなくて、だんだんと咀嚼《そしゃく》するペースが落ちていく。

咀嚼《そしゃく》すら面倒になってきて、ついにステラはゴクリと飲みこんだ。

パンケーキも、思いも、全部。

二日目

◇午前

揺れる馬車内でステラは視線を感じた。

視線の主は、もちろんクラウスだ。

わずかに開けた窓から吹きこんだ柔らかな風が、ステラの美しい髪をなびかせる。

暖かな日差しがステラを照らすと、一枚の絵画のようだった。

ページを捲る所作すらも美しい。

しかし、そんな魅力が自分にあると気づいていないステラにとって、見つめられ続けるのはとても気恥ずかしかった。

居心地の悪さから、ステラは声をかけてみることにした。

「クラウスはこの本、ご存じですか？」

「っ……！　ど、どれだ？」

突然話を振られて驚いたのか、クラウスが慌てたように答える。

クラウスの様子を窺《うかが》えば、どこかソワソワと落ち着きがないように見える。

——まさか視線を送っていたことに感づかれたと思って、焦っているのでしょうか？

なぜクラウスは自分を凝視していたのだろう、とステラは考えた。

なにせ、クラウスはステラを心から嫌っている。そんな相手が自分を険しい顔つきで見つめていたのだ。

ステラはその優秀な頭脳で、確信をもって答えを導き出した。

——おそらく……いや、間違いなく嫌悪感を抱いて睨《にら》んでいたのでしょう。

追及してそれが明らかになれば、傷つくことは間違いない。

ステラは気づかない振りをすることにした。

「実はこの本、続編なのです。まさか続きが出るとは思っていなかったので、驚いてしまいました！」

ステラは本の表紙をクラウスへと向ける。

すると、なぜかクラウスは安堵したような表情を浮かべた。

「……その本、お前が昔好んで読んでいた本だろ」

「覚えてくれていたんですね」

「そりゃあ、あれだけ何度も何度もしつこいくらい話されたら忘れようがない」

ステラは幼少期から読書家だった。

そんなステラが特に愛読していたのがこの『鳥籠』という本で、幼い子どもが読むには少し……いや、かなり早いように感じられるドロドロとした人間関係を描いた物語だ。

主人公は鳥籠の中で生きているような、自由を知らない少女だった。

少女が背負わされた大きな期待、愛、嫌悪、嫉妬の数々。

それでも少女は真っ直ぐに生きようとする。少女にはそれしか道がなかったから。

結局最後、少女は心が壊れてしまうのだ。

所謂バットエンドである。

そんな物語に続編が出たらしい。

「で、大好きな物語の続編の感想は？」

「まぁ……羨ましい、というのが正直な感想でしょうか」

「……俺の記憶では、その本には羨ましいと思える要素なんてまったくなかったはずだが……。続編で明るい未来になるようにも到底思えない」

「読んでみますか？　まぁ、クラウスには理解しがたいお話かもしれませんが」

少し煽られ、クラウスはムッとした。これぐらい読める。そんな意思表示をするように。

「読んでいただけるのなら嬉しいですが、前作を読んでからのほうが確実に楽しめますよ。ちゃんと読んだことはないでしょう？」

「お前の話だけで十分だったからな。そもそも、なんでこんな本が好きなんだ？」

クラウスの質問にステラは目を見開く。

それから黙りこむ。

いつも言葉を巧みに紡ぎ出すステラが考えこんでいる。あまりにも珍しいことで、クラウスにはそれが異様なものに見えた。

「……そうですね。昔はなんとなく惹かれていたのですが、久々に読んでみると理由が分かりました」

「なぜかも分からないのに好きだったのか。お前の感性はやはり理解しがたいな」

「でも、幼い頃にこの内容の物語を好きな理由があったら逆に心配になりませんか？」

「それは一理ある」

幼い子どもには早すぎる内容だ。

この物語を好む深い理由が、幼い子どもにもしあったら確実に心配に思うだろう。

「試験勉強の合間の気晴らしにでも読んでみてください。根気強く勉強に励むのもいいですが、休憩を挟むことも重要ですよ」

ステラは一巻を取り出して、続編とともにクラウスに差し出した。

「なぜ二冊も持ってる……。まぁ、そうだな。気晴らしぐらいにはいいか」

クラウスは本を受け取った。

かなり読みこまれているのか、年季が入っている。

人間の脳というのは万能ではない。

古い記憶は月日を重ねていくごとに消えていくものだ。

本の内容はうっすらとだが覚えている。

結末を知っても楽しめるのか？　とクラウスは疑問を抱いた。

『読んでみますか？　まぁ、クラウスには理解しがたいお話かもしれませんが』

しかし、こうも煽られてしまえば、乗らないわけにはいかない。

クラウスは挑発に弱かった。

「お前に理解できて俺に理解できないことなどないと証明してやる」

「……そうですか。楽しみにしていますね」

クラウスは意気込み、すぐに本のページを捲った。

好きな作品をこうして共有できる日が来るとは思っておらず、無意識に頬が緩んでしまう。そして同時に思ってしまった。

――私も、この主人公のようになれたらいいのに。

続編の意図を簡潔に話すとするなら、主人公が報われるようにと作られた物語だ。故に、その展開はあまりにもご都合主義で、巷ではあまり好評ではない。

ステラの続編に対する評価も、良いものではない。

しかしそれは、自身と主人公を重ねて見ているからだろう。

主人公の人生《ものがたり》は本来一巻で終わるはずだった。しかし、続編という機会を与えられ、本来なら報われるはずのなかった主人公は幸せを掴んだ。

では……自分は？　人生が終われば続編なんてない。そこで終わりなのだ。

だからこそ、悔いは残さないように……自分に素直になりたいと思った。

この主人公のように幸せを掴めるように。

そしてその幸せを感じながら最期を迎えられるように。

◇午後

「ステラさん～！」

昼休み開始の鐘の音と共に、一人の女子生徒がステラの席へとやってきた。

肩まである、淡い水色のふわふわとした髪。

深緑の瞳を細め、その女子生徒は微笑んだ。

「ミナさん。どうかしましたか？」

「先生にノート運ぶように言われたんだけど、一人じゃ大変でさ。手伝ってくれないかな？」

ミナと呼ばれた女子生徒はステラの隣の席に腰をかけ、両手を合わせた。

ステラは教卓に置かれたノートの山へと視線を向ける。

――確かにあの量を一人で運ぶのは大変でしょう。それだけの理由で声をかけてきたわけではないのでしょうけれど。

ステラはニコリと微笑む。

「私で良ければお手伝いさせてください」

「さすがステラさん～！　じゃあ、持っていこうか！」

「そうですね」

ノートを抱えて二人で教室を出る。

教科書の山を半分に分けて持っているものの、ステラにとってはかなり重い。

気を緩めたら力が一瞬で抜けてしまいそうだ。そんな姿を見せるわけにはいかないと、ステラは必死に力を込めた。

「ステラさん、大丈夫？　なんか……顔色悪い？」

「気のせいです」

「本当に？　婚約者さんと急に接近したし、なにかあるんじゃない？」

訝しげにステラを見るミナに、ステラは肩を竦《すく》めた。

「わざわざ私に聞かなくても、貴方なら全部知っているじゃないですか？　もうこの話は終わりです。早く終わらせますよ」

その言葉に、ミナの雰囲気が瞬時に変わった。天真爛漫《てんしんらんまん》な笑みから一変し、表情が消え去る。

「……はい。申し訳ございません、ステラ様」

「いいですよ。それが貴方の仕事なのですから」

早く目的地に辿り着くことを考え、歩を進めていく。ところが、突如荷物が軽くなり、ステラは瞳を瞬かせた。

そしてその理由……ミナに視線を向ける。

「ごめんね、ステラさん。先約があったのに、手伝ってくれてありがとね！　あとはやっておくから！」

そう言い残して、ミナは軽々とノートを持って駆けていった。

その怪力っぷりにステラは呟く。

「私、要らないじゃないですか」

ため息と共に肩を竦《すく》めながら。

◇□◇

それからステラは、クラウスと共に図書館にやってきた。

「誰もいないな」

「そうですね。けど、貸し切りみたいで私は嬉しいですよ」

ステラの言葉に、クラウスはあからさまに嫌そうな顔をした。

試験勉強をするために図書館に赴《おもむ》いた二人だったが、図書館には誰一人もいなかった。カウンターには図書委員が書いたものだろうか、『すぐに戻ります』とメモが置かれていた。どうやら急用かなにかで席を外しているらしい。

しばらく貸し切りだとはしゃぐステラを横目に、クラウスは顔をしかめた。

またしてもステラと二人きりか……と。

そんなクラウスの様子に、ステラは笑みを作る。

「こんなに広い図書館を二人で使うだなんて、もったいない気もしますね」

ステラはそう言うと椅子に腰を下ろす。

クラウスは少し考えた後、ステラの斜め前の席に腰を下ろした。ステラはそっと苦い笑みをこぼす。

「では、始めましょうか」

「……あぁ」

ステラの言葉で勉強会が始まった。

窓の外から生徒達の賑《にぎ》やかな声が聞こえる昼休み。

二人は図書館で勉強を始めた。

かりかりとペンを走らせる音と教科書を捲る音が静かな図書館には響く。

「くそ……」

二人が勉強を開始して五分が経った頃、クラウスの手が止まった。

眉間にはシワが寄っている。どうやら難題に当たったらしい。

「クラウス、良かったら教えましょうか」

「必要ない」

ステラの善意を即座に断るクラウス。しかし、ステラにとってはそれも想定範囲内だった。

だから笑顔を絶やすことなく、ためらう様子もなく嘘を吐いた。

「クラウスが解いている問題。先生が試験に出すと明確に仰っていました。借りを作りたくないとか、私に教わるのは嫌だとか思っているのでしょうけど、解けないままでは私に勝つことなんてできませんよ？」

「……待て。俺はこの問題が試験に出るなんて聞いていないぞ」

記憶の棚をいくら開けても、クラウスはそのような発言を耳にした記憶がない。

そこでクラウスはハッとする。

「まさかお前、俺を誘導しようとしているな⁉」

「バレましたか。けど、試験範囲ではあるので、出題される確率は高いと思いますよ？」

クラウスはグッと言葉を詰まらせる。そして頭を抱え、唸《うな》る。

彼の自尊心はとても高い。

だからステラに翻弄されることも、ステラを頼ることも、彼の自尊心が許そうとはしなかった。

もちろん、ステラはそんなクラウスの性格を理解して敢えて頷かせようとしている。

二人の間でバチバチと火花が散る。

「まぁ、その問題はかなり難しいので、次の授業で再度説明すると仰っていましたけど」

「それを早く言え！」

「すみません。今思い出したもので」

「嘘つけ！　絶対にわざとだろ！」

クラウスは大声を上げて、問題集のページを勢いよく捲った。

どうやら違う問題を解くことにしたらしい。

てっきり嫌になって「もう勉強会はやめだ！」とでも言って図書館から出ていくと思っていた。

だからこそ、昨日アレクシア殿下に協力をお願いしたのだ。

——まさか自ら勉強を再開するなんて……

ステラは目を見張った。

「なんだかんだ、許されつつあるのでしょうか……」

「ん？　なにか言ったか？」

「いいえ、なんでも。あ、そこの問題、間違っていますよ」

「な⁉」

「教えましょうか？」

「不要だ！」

「残念です」

ステラは微笑んだ。少し眉を下げて、諦めたように。

そんなステラを見て、クラウスは思わずこぼした。

その笑顔の意味など分からぬまま。

「……いいよな、お前は。非の打ち所がない人間だから、きっと分からない問題もないんだろうな。俺はお前が羨ましいよ」

驚いたステラは再び目を見張った。

思えば、こうしてクラウスの本音を聞いたことはなかった。

「……私は貴方が思っているほど完璧な人間ではありませんよ。分からない問題もあります。それに私は友人が少ないですから。最初はなかなか学園生活に馴染めなくて大変だったんですよ？」

「そうだったのか……？」

あまりにも信じがたかった。だからクラウスは瞬きも忘れ、問い返してしまった。

なにせ、クラウスから見てステラは完璧人間。友人が少ないなどと嫌みを言ったが、友人が少ないのはクラウスのほうだ。むしろステラは毎日誰かに囲まれている。ステラという人間は人を惹きつけるのだ。幼い頃からステラをよく知るクラウスは、それもよく分かっている。

だからこそ、そんなステラが学園生活になかなか馴染めなかった、と言っても信じられなかった。

またからかっているのでは？　怪訝《けげん》そうな目をクラウスが向けると、ステラは言う。

「クラウスは私を過大評価していますよ。学園生活にこうして馴染めたのはアレクシア殿下のおかげです」

「アレクシア殿下のおかげ……？」

「はい。アレクシア殿下には感謝してもしきれませんね」

そう言ってステラが微笑んだ時——

「そんなふうに思ってくれていたなんて光栄だよ」

「か、アレクシア殿下!?」

「アレクシア殿下!?」

突然のアレクシアの登場に目を見張る二人。

それに対してアレクシアはおかしそうに笑う。

「二人ともいい反応だな。驚かせたかいがあったよ」

「アレクシア殿下にも悪戯心《いたずらごころ》があったとは……」

「クラウスは俺をなんだと思っているんだ……。もちろん、ただ驚かせるために急に声をかけたわけじゃないからな」

そう言うとアレクシアはステラへと視線を向ける。

「分かっていますよ。私がアレクシア殿下をお呼びしたのですから。今日はご指導、どうぞよろしくお願いします」

「とは言ってもステラは優秀だから教えることがあるのかどうか……。以前勉強を教えた時は三年生の範囲の勉強をしていたし」

「さ、三年!?」

クラウスはカッと目を見開く。

ステラが勉強熱心なことは分かっていたが、まさかそこまで進めているとは思っておらず、クラウスは開いた口が塞がらなかった。

一方のステラは平然と言う。

「予習は必要ですからね。なにより、興味がありましたから」

ステラが三年生の範囲の勉強を始めたのは、本当に興味があったからだ。

いつ命の終わりが来るか分からない。

来年を迎えることができるかも不確かな未来。

そんな状況にいるからこそ、可能な限り学びたかったのだ。

「興味を持つのは素晴らしいことだよ、ステラ。俺で良かったらいつでも教えるし、本も貸そう。だから……頼ってほしい」

そう言って優しく微笑むアレクシアに、ステラは笑顔で「はい」と頷いた。

◇□◇

少し前に、一人で勉強していた時のことをステラは思い出した。

上級生の範囲は、いくら優秀なステラであっても頭を悩ませる問題が多くあった。

生徒会の活動が始まる前と終わった後に生徒会室で勉強をすることが、ステラの日課だった。

そして……

『もう三年生の範囲を勉強しているのか。勉学に真摯に向き合っているとは知っていたけど、まさかここまでだったなんて』

そう言って嬉しそうに笑うアレクシア。

生徒会長として、意欲的に学ぶ生徒に喜びを覚えたのだろう。

『ステラ。もし分からないところがあれば聞いてくれ。きっと力になろう』

無自覚なのだろうが、いつもこうしてアレクシアはステラに手を差し伸べてくれる。

人を頼ることが苦手で、一人で抱えこみやすいステラにとって……アレクシアは暗闇に差す一筋の光のような存在だった。

それ以来お互いの時間が合えば、勉強会を開いた。

アレクシアの教え方はまるで教師……いや、それ以上に的確で、ステラはどんどん知識を得ていった。そしてその時間がステラは大好きだった。だからステラは、クラウスとも勉強会をしたかったのだ。

◇□◇

それから三人での勉強会が始まった。

といっても昼休みは一時間と限られているため、そう長くはできなかった。しかし、この短時間で、勉強がはかどったのは事実だ。

ステラは、やはり自分の判断は正しかったのだと思った。

「…………そうだ！　アレクシア殿下さえ良かったら、放課後一緒に出かけませんか？」

クラウスの突拍子もない発言にステラは目を見開く。

アレクシアも瞬きを繰り返す。

「……せっかくのお誘いだ。ぜひ参加させてもらおう。いいかな？　ステラ」

「は、はい。構いませんよ。賑《にぎ》やかなほうが楽しいでしょうし、アレクシア殿下なら大歓迎です」

ステラは動揺を飲みこんだ。

悟られないよう、笑顔を浮かべて。

◇□◇

昨日と同様、クラウスと共に過ごす放課後。

ステラとクラウスは学園の門の側でアレクシアを待っていた。

浮立った足取りのステラと対照的に、クラウス足取りは重たい。

しかし、昨日に比べれば彼の態度、声色に変化が表れているように感じる。嫌々なのは変わりないだろうが、確かに変化が生じているようにステラは感じた。

けれど相変わらずの態度なのでフォローを入れておく。

「少し寄り道をするだけなのですぐに済みますよ。終わったら帰りましょう」

「……今日はやけにすんなりと身を引くんだな」

「まぁ、今日はこの後に用事があるので」

そんな用事はないが、ステラはそう嘘をついた。本当は、体を休めようと思ったのだ。

「なるほどな。俺は時間つぶしの相手ってことか」

「否定はしませんが、少しの時間でもいいからクラウスと話したかったんです」

「……なぁ、ステ」

クラウスがステラの名を呼ぼうとした時、アレクシアがやってきた。

「あ、アレクシア殿下がいらっしゃいましたよ」

弾んだ声でステラが言いながら手を振った。

「ごめん。待たせたみたいだね」

「私達も今来たばかりですのでお気になさらず。では、行きましょうか」

三人は学園を出て、王都の中心部にある大通りに向かった。

夕方という時間帯もあってか、三人のように放課後を満喫する学生達の姿があった。

しばらく歩いたところで、ステラがあるお店を見つけて駆けていく。

その後ろ姿が――クラウスの幼い頃の記憶と重なった。

優しく手を取り、外へと連れ出してくれたステラ。

なぜ今更幼い頃を思い出す？

なぜ自分は今、ステラへと手を伸ばそうとしているのか？

足が動かず、ただ遠くなっていくステラの後ろ姿を見つめることしかできない。

そうしているうちに、クラウスは調子が悪くなってしゃがみこんだ。

ズキズキと痛む頭。グニャグニャと歪む視界。汗が止まらない。

「クラウス！　大丈夫ですか⁉」

「顔色が悪い。すごい人混みだったし、酔ってしまったのかもしれないな。どこかで休もうか」

戻ってきたステラがクラウスの異変に気づき、声を上げた。

アレクシアもまた、心配そうな表情を浮かべている。

「いや……もう、大丈夫だ。アレクシア殿下もご心配をおかけしてしまい、申し訳ございません。俺は大丈夫ですので」

「本当ですか？　今日は帰ったほうが……」

「大丈夫だ。それにすぐ済むんだろ？　ここまで来たんだ。行くぞ」

クラウスはそう返すと、立ち上がって歩きはじめた。

「無理はしないでくださいね」

「もう平気だと言ってるだろ。それにしても、花屋になんかなんの用事があるんだ？」

クラウスは目の前にある店、花屋を見て問う。

店の前には色鮮やかな花々が咲いており、その他に花瓶や植木鉢、肥料なども置いてある。

「それは見てからのお楽しみということで。家じゃできないことなので、よくここに来るんです」

ステラは微笑んで、チョコレート色の扉を開けて店内へと入った。アレクシアも慣れた様子で入っていくので、クラウスもそれに続く。

花の香りが充満する店内。

可愛らしい装飾が施された店内をクラウスが眺めていると、奥から青年が出てきた。

「いらっしゃい、ステラ様。随分と早いんですね」

エプロンを身にまとった白い髪と青い瞳を持った彼は、ステラに親しげに声をかけた。

「ニケさん、こんにちは。今日はこの後用事があって」

「そうだったんですね。言ってくれたら僕がやっておいたのに」

ニケと呼ばれた青年は、そう言いながらクラウスに視線を向ける。

「紹介しますね。彼は同級生のクラウスです」

「……よろしく」

「はい、よろしくお願いします。ニケと申します。それにしても驚きました。ステラ様がご友人を連れてくるなんて」

「あの……。私に友人がいて驚いたと言っていませんか？　それ？」

「いや！　僕はそんなつもりは！」

そう言って慌てふためくニケ。

仲睦まじげな二人の様子に驚いていると、さらなる驚きがクラウスに訪れる。

「アレクシア殿下！　いらしてくださったんですね！」

「お久しぶりです。最近はなかなか顔を出せずにすみません。えっと、あの花達は元気ですか？　一応ステラから近況報告はもらっていたのですが」

「元気ですよ。皆アレクシア殿下に会いたがっていると思いますよ」

「それは嬉しいことを聞きました。楽しみだ」

「アレクシア殿下。汚れますから着替えに行きましょう。クラウス、少し待っていてください」

ステラはそう言い残すと、アレクシアと共に店の奥へと姿を消した。

一方のクラウスは困惑していた。今まで三人が繰り広げていた話すべてに。

そんなクラウスに気づいたのか、ニケが声をかけた。

「良かったらこの椅子を使ってください」

「あぁ。ありがとう」

クラウスは木製のスツールを受け取り、腰を下ろす。

そして店のカウンターでなにかの作業をするニケを横目で見つめる。

「ステラとアレクシア殿下はよくこのお店に通ってるのか？」

「そうですね。ステラ様は週に何回かいらっしゃっていますね。アレクシア殿下は最近特にお忙しそうだったので、一月ぶりぐらいでしょうか」

「……二人にこんな共通の趣味があったとは」

「ん？　どうかされました？」

「いや、なんでもない！」

読書が趣味であることは知っていたが、花を育てる趣味があったことは初めて知った。

料理が上達していたり、知らない趣味があったりと、昨日今日で新たなステラの一面に触れたクラウスは少しモヤッとした。

そしてなにより…

「ニケさんはステラと随分親しいんだな」

「三年弱ほどのお付き合いになりますから」

「三年弱⁉」

クラウスは声を上げてしまった。

予想以上の年数だった。

ステラは十二歳から三年もの間、この国を離れて留学していた。自ら花屋を訪れるほど花が好きだと聞いたことはなかったので、留学してからの趣味だろうか。

「ステラの留学先の同級生とかか？」

「留学先の同級生……？　あ、いえ。僕が花屋として仕事をしに行った時に出会ったんです。話し方はステラ様にあまりかしこまらないでほしいと頼まれまして」

「簡単に言うと、ニケさんは私が花に興味を抱く切っ掛けになった人なんです」

「ステラ⁉　お前いつからいた⁉」

「今来たところですよ」

そう言ってニコリと微笑むステラ。

しかし、クラウスはそんな笑顔には簡単には騙されなかった。なにせ、この会話をすべて聞かれていたとしたら圧倒的にクラウスが不利な状況になるからだ。

クラウスは問い詰められる前にと話題を変える。

「その格好はなんだ？　アレクシア殿下もその服装は一体……」

「このお店の制服ですよ」

二人が身を包んでいたのは、この花屋の店員が身につけるエプロンと制服だった。

「なんのために？」

「なんのためって……それは今から花の世話をするためです」

「せ、世話⁉　アレクシア殿下もですか⁉」

「あぁ、ステラに誘われて以来の趣味なんだ」

クラウスは驚きのあまり椅子から転げ落ちそうになった。

しかし、すぐにステラをキッと睨《にら》みつける。

「ステラ！　お前は自分の身分を分かっているのか！　伯爵家の令嬢たる者が泥に塗れるような作業を好むな！　しかも殿下まで巻きこんで……‼」

「落ち着け、クラウス。俺は巻きこまれたわけじゃない。俺が一緒にやらせてもらっているんだ。それと……身分なんて関係ない。好きなものは好きでいいじゃないか」

「し、しかし……！」

なおも鋭い視線を向けてくるクラウスの目を見つめ返し、ステラは言った。

「クラウス。両親にも貴方と同じように猛反対されました。けれど、私は花を育てることが好きなのです。それにアレクシア殿下が仰ってくださったように貴族だからいけない、なんておかしいと思うんです」

治療生活中にできた新たな趣味は、ステラの心を癒《いや》した。

読書とはまた違った魅力があり、ステラはすっかりガーデニングの虜になっていた。

しかし、両親はクラウスと同じように【伯爵令嬢に相応《ふさわ》しくない】と、その趣味を許してはくれなかった。

「ガーデニングは奥深い。身分という理由で遠ざけているのならもったいないよ。固定観念に囚われず、広い視野を持つといい。きっといろいろなことに気づける」

「アレクシア殿下に面白さを分かっていただけて嬉しいです。お誘いして本当に良かったです」

そう言って笑い合う二人。

ニケも「相変わらず仲良しですね」と笑っていた。

それから四人は栽培所へと向かった。

ステラはニケと共に育てている、黄色の薔薇《ばら》の前でなにやら真剣に話をしている。華やかな花弁と、水に濡れたような瑞々しさと艶やかさが印象的な薔薇《ばら》だ。アレクシアも相槌を打ちながら、時折口を挟む。


クラウスは少し離れた場所からその様子を見つめていた。美しい花々は確かに目の保養になるが、クラウスの心は躍《おど》らない。

「……暇だ」

クラウスは呟く。

あいにくクラウスに花を愛でる趣味はなかった。

「そうだ。ヒナへの次のプレゼントは花束にしよう！　あー、でもヒナは花よりも食べ物のほうが喜びそうだな」

クラウスは食べ物を頬張り、花が咲いたかのような笑みを浮かべるヒナの姿を思い出す。華奢《きゃしゃ》なあの体のどこに入るのだろうかと疑問を抱いてしまうほど、ヒナはよく食べる。

その時の笑顔がクラウスの心を癒《いや》してくれる。

『お腹が空いていたから助かったよ！　ありがとう！』

……そしてなにより、ヒナとの出会いにクラウスは救われたのだ。

ステラと離れ離れになってから、クラウスは寂しい日々を過ごしていた。

ステラは留学先で頑張っているのだ。だから、自分も頑張ろう！

そうやる気を奮い起こし、ステラの隣に立つ者として相応《ふさわ》しくなるためにクラウスも日々努力した。

……今はもう諦めてしまった過去の誓いを思い出したクラウスは苦笑を浮かべた。

「……ステラ。お前は本当になにをしても輝いているな」

優秀なステラの隣に立つために努力してきた。

けれど……大きな壁にぶつかった。

いくら勉強しても伸びない成績。だんだんとステラに追い越され、取り残されていく感覚。

しまいには、『ステラ様に相応《ふさわ》しくない』『ステラ様のおまけ』等と噂されるようになった。

くじけかけていた心にトドメを刺したのは両親の言葉だった。

『ステラは頑張っているんだ。それに比べてお前は……。少しは努力したらどうだ』

誰も自分の努力を認めてはくれない。

唯一の心の救いであったステラも、留学して以降音沙汰なし。

優秀じゃないから俺はステラに見捨てられたんだ……

いや、ステラはそんなことしない……！

そう思っても、ふつふつと湧き上がる負の感情をクラウスは止めることができなかった。

そして気がついた時には、ステラに強い恨みを抱いていた。

そんなドン底にいたクラウスに唯一差しこんだ一筋の光。

それがヒナだったのだ。


「……ヒナは俺を必要としてくれてる、よな？」

そうクラウスが呟いた時だった。

「クラウス」

「!? は、はい！　なんでしょうか。アレクシア殿下」

クラウスを呼んだのはアレクシアだった。

手にはジョウロが握られている。どうやら水を汲《く》みに行っていたらしい。

「お前はやらないのか？　面白いぞ」

「いや、俺は……」

やはりガーデニングに興味はそそられない。

誘いを断ることへの申し訳なさに、思わずクラウスは視線を逸らす。

その様子に肩を竦《すく》めて、アレクシアは言った。

「そうか、それは残念だ。でも……俺からしたら好都合だ。これからもステラと二人だけの共通の趣味にできるからな」

クラウスは目を見張った。

——だってそれはどう聞いても。

「…………アレクシア殿下は、ステラのことが好き、なんですか？」

尋ねるつもりはなかった。

気づけば口からこぼれてしまっていたのだ。

アレクシアは幸せそうな笑みを浮かべ、花に話しかけるステラを見つめながら言う。

「あぁ。好きだよ」

偽りのない言葉。

真っ直ぐで、とても優しく、愛しそうにステラを見つめる瞳。

世間に知れたら大変な問題になることだが、それだけ本気なのだと思った。

「お前は？　婚約者であるお前は、ステラのことをどう思っているんだ？」

「……そんなの決まってます。大嫌いですよ。今更なんなんだって感じです」

「そうか。……なぁ、クラウス。さっきも言ったけど、固定観念に囚われずに視野は広く持て。そうしたら本当に自分を大切にしてくれている人が分かる」

「え……？」

「俺から言えることはこれだけだ。じゃあ、俺は行くよ。せっかくステラと過ごせる時間だ。無駄にはしたくない」

そう言うとアレクシアはステラのもとへと向かっていた。

二人の笑顔が、クラウスにはとても眩しく見えた。

「アレクシア殿下。見てください！　こんなに美しい薔薇《ばら》が咲いていました！」

「俺が前見に来た時はつぼみだったのに……！　本当に綺麗だね」

「はい……！」

心から嬉しそうに笑うステラ。

薔薇《ばら》に温かく優しい眼差しを向けている。

そんなに良さがあるのか、クラウスにはこれっぽっちも理解できない。

ただ……なにかの成長を見届けるというのは、少しだけ心惹かれた。


「アレクシア殿下。すみません。わざわざお水を持ってきていただいて……私がすべきことなのに」

申し訳なさそうに言うステラに、アレクシアは首を振る。

「気にしないで。かなり重いし、ステラが持ったら潰れちゃうかも」

「……アレクシア殿下、私のこと馬鹿にしていませんか？」

ムッとステラが頬を膨《ふく》らませたので、アレクシアは笑った。

常日頃笑顔を崩さないステラだが、アレクシアはそれに違和感を抱いていた。まるで作りもののように感じていたのだ。

だから、時たま自分に対し本当の感情を出してくれることが、アレクシアは嬉しかった。

二人は肩を並べ、花の水やりを始める。

美しく咲き誇る花々に心を躍《おど》らせるステラ。日に日に成長していく花々を見て、自然と笑顔がこぼれた。なにより最期を迎えるまでに咲き誇ってくれたことが嬉しかった。

「……そう言えば、クラウスが『……必要としてくれてる、よな?』と独り言をこぼしていたよ。自分が必要とされているのか悩んでいるみたいだ」

「え!?」

「一応助言はしておいたけれど……。あいつ、深く考えすぎるところがあるみたいだからね」

困ったように眉を下げて話すアレクシア。

確かにクラウスは物事を深く考えすぎてしまう癖がある。

それで自身を追いこんでしまうことも、ステラは知っている。

「……ごめん」

思考を巡らしていれると、隣にいたアレクシアが突如謝罪を口にした。それにステラは弾かれたように視線を上げた。

二人の視線が絡み合う。

アレクシアは自身の選択を後悔していた。

ステラの恋を応援したい。クラウスとの仲を取り持ってあげたい。想い人《ステラ》には笑顔でいてほしいから。だからこうして一緒に花屋を訪れたのは、間違いだったかもしれないと思った。

「……本当は二人で来るはずだったんだろ？　だから、邪魔したかなって思っていたんだ。クラウスが俺を誘った時、なんとも言えない表情をしてたから」

「そんなことは決してありません……！」

ステラはただ気持ちを落ち着かせていたのだ。

アレクシアと共に出かけることになり、さらに欲張ってしまいそうになる自分の気持ちを抑えこむために。

思わず出た声にステラ自身が驚いた。

温和な性格をしていると自分でも思っているからこそ、こんなに大きな声を上げたことに驚いたのだ。

「……ごめん。今の言葉は意地悪だったたね」

「私がすべて悪いのです。アレクシア殿下に誤解させてしまった。だから、どうか謝らないでください。謝罪すべきなのは私のほうなのですから」

ステラが頭を下げようとすると、そっとステラの肩に手が置かれた。

「アレクシア殿下……？」

「ステラは俺と一緒にここに来て嬉しい？」

「もちろんです！　それに、殿下が一緒にガーデニングを楽しんでくださるのが嬉しいです。最近はご一緒できていませんでしたが、ニケさんから時折顔を出してお世話していらっしゃることを伺っています！　あと、殿下の側近のイバラさんから、植物に関する本をお読みになられていると聞きました」

「イ、イバラから⁉」

まさか自分の情報が側近から漏れ出しているとは思わず、アレクシアは目を見開く。

アレクシアもまた勉強熱心だ。やるからには極めたい、中途半端では終わりたくない、という精神を持っている。だからガーデニングを始めて以来、役立ちそうな知識を得るべく、さまざまな書物を読んでいたのだ。

「は、恥ずかしいな……。まさか知られていたなんて」

「恥ずかしがることなどありませんよ。むしろアレクシア殿下らしいなと感じました。どんなことにでも真摯に向き合うその姿勢を、私は本当に尊敬していますから」

「まぁ、やるからにはしっかりやりたいから。それに……勉強すればするほど奥が深くてのめりこんでしまうんだ。この楽しさを知ることができたのも、ステラがあの時俺を誘ってくれたおかげだよ。ありがとう」

「あれは、アレクシア殿下が一緒にしたいと仰ったんじゃないですか……。本当にあの時は驚きましたよ」

生徒会室でガーデニングの本を読んでいると、アレクシアが自分もやってみたいと声をかけてきたのだ。

アレクシアの人柄から、伯爵令嬢であるステラがこういった趣味を持つことを否定されることはないとは分かっていたが、それでも土いじりから遠いところにいる彼から飛び出した言葉に、ステラは腰を抜かした。


「ステラが教えてくれたのは事実だし、そう違わないよ。ちなみに……極めたくて王宮に花壇を造っている最中だと言ったら、どうする？」

アレクシアの言葉にステラは目を見開いた。

そして、アレクシアの裾《すそ》をグイッと引っ張って……

「アレクシア殿下がそこまで熱心になられていること、すごく嬉しいです」

「……けど？」

「す、すごく……羨ましいです」

家でできないからこうしてニケに頼みこみ、栽培所の一部を借りて花を育てている。

アレクシアが花壇を造るほどに、同じ趣味に熱心になってくれていることは心から嬉しい。

けれど、一つ。ステラの中で引っかかることがあった。

ステラはアレクシアを見上げて恐る恐る言う。

「……もうここで一緒にお世話できなくなるのですか？」

専用の花壇が完成すれば、アレクシアはそちらに力を注ぐことになるだろう。

そうなってしまえば、もうこうして肩を並べて花に水をやることも、種を植えることもできなくなってしまう。そう思うと無性に寂しくなった。

「ステラは……俺と一緒に世話をしたいと思ってくれてるんだ」

「あ、当たり前です！　とても楽しいですし！　それに私はアレクシア殿下のこと……」

——駄目。

ステラは発しそうになった言葉を無理矢理飲みこんだ。

言ってはいけない、これだけは。

「ステラ？」

「いえ。なんでもありません。ただ、ご一緒できなくなるのは、寂しいと思って。その、数少ないガーデニング仲間ですし……」

口元を隠し、ステラは目を逸らす。

本当は、こんなこと言いたくなかった。

アレクシアは単なるガーデニング仲間なんかではない。

それにもかかわらず、自分の気持ちに嘘をついた。素直になろうと決めたのに。

仕方ないのだ。

そう。仕方ないことなのだ……

ステラの言葉に、アレクシアは一瞬顔を歪めた。

その表情に、ステラは胸が張り裂けそうになる。

「……花壇のことは、本当は完成してから伝えようと思っていた。王城に貴族の令嬢が訪れることは不自然なことじゃない。大図書館で勉強をする合間にでも立ち寄れるだろう。それに、伯爵夫妻からも口出しされずに済むんじゃないかと思って」

王城には、大図書館という図書館が設けられている。

身分や年齢関係なく多くの人々が利用し、学んでいる。

ステラもまた、勉強のためによく足を運んでいた。

伯爵邸からも近く、大図書館に行くと言えば両親は不審に思わないだろう。

今通っているニケの店は伯爵邸から遠い。両親に不信感を抱かせないために、休日はなかなか顔を出せないし、長居することも難しいのだ。

「……わざわざ私のために造ってくださったんですか？」

「ステラのためというのももちろんあるよ。けど、一番の理由は、俺がステラと一緒にやりたいと思ったからなんだ。最近は忙しくてなかなか時間が合わせられなかったから」

アレクシアの言葉に、ステラは思わず笑顔になるが、また、胸がキュッと痛んだ。

――アレクシア殿下は本当に心優しい人です。あぁ……本当に。

「ありがとうございます、アレクシア殿下。私は……本当に幸せ者です」

――貴方の優しさを受けられる私は、なんて幸せ者なのだろう。

溢れ出そうになる涙をこらえながら、ステラは喜びを噛みしめた。

◇□◇

「終わったので、帰りましょうか」

ようやく作業が終わったらしい。

結局ただ遠くから見ていただけのクラウスは、凝り固まった体を大きく伸ばす。

帰りの仕度をしながら横目で二人の様子を窺《うかが》う。

二人はなにやら話に花を咲かせているようだった。

「……お似合いだな」

思わず口からこぼれた本音。

これまでのクラウスならば、二人が会話をしていようが、まったく興味を示さなかっただろう。

しかし、今は違う。

どうしても気になってしまうのだ……

もちろん、その理由は先程のアレクシアの言葉にあった。

そんなクラウスを見て、ステラが言った。

「私は貴方を必要としていますよ、クラウス」

「っ!?　な、なんだいきなり!?」

「アレクシア殿下に聞いたので。クラウスが『……必要としてくれてる、よな？』って一人で呟いていたと教えてくださったので」

「わ、忘れてくれ。頼む……」

「無理です。記憶力いいんですよ、私」

「……俺はお前が嫌いだ！　本当に、今更なんなんだよっ！」

クラウスの言葉にステラは静かに目を細める。

ステラは、この一週間のうちにどうしても最後の思い出を作りたかった。

だから、ステラはなんとか踏ん張って笑顔を作ることができた。


三人は帰り支度を済ませ、店を出ようとした時、ニケが「そうだ！」と声を上げ、ステラに小さな袋を差し出した。

「これは？」

「部屋の中でも育てられる花です。良かったら育ててみてください」

「お部屋の中で花が育つんですか！　すごい……！　どんな花が咲くんですか？」

「それは咲いてからのお楽しみです。早くて六日で咲くとは思うので」

「六日……」

ステラに残された時間は、余命宣告の通りであればあと五日。この花がどんなに早く咲いたとしても、ステラがそれを見ることは叶わない。

「分かりました。ありがとうございます。どんなお花が咲くかとても楽しみです」

ステラは笑顔でニケから別の袋も受け取った。どうやら小さな植木鉢などを入れてくれたようだ。

大した荷物ではなかったが、受け取った瞬間、ほんの少しだけふらついてしまう。今日一日動きすぎてしまったのか、体がつらくなってきた。一度体調の悪さを自覚してしまうと、いつものような笑顔を保つのが難しくなってきた。

その様子をアレクシアは、苦しそうな表情でただ見守っていた。


その後、三人は店を後にした。

ステラは隣から感じる視線に気づき、自分に強く言い聞かせる。

——いつもの私に戻らないと駄目です……！　いつも笑顔で穏やかで明るい私に……

けれど、どうしてもうまくいかない。

笑顔は得意なはずなのに……

そして次第に体全身に痛みを感じるようになっていく。

視界が霞み、足取りが重くなる。

「好きな花が育てられるんだぞ。もっと喜べよ」

「……喜んでますよ。すごく」

ステラはなんとか微笑んでみせた。

けれど、それはどう見てもいつものような心からの笑顔ではなかった。

ちらりと横目で店の窓ガラスに目をやると、そこには笑みを浮かべたままのステラが映った。

その笑みは、今にも泣き出してしまいそうな、泡のように消えてしまいそうな、そんな儚く苦しげなものだった。

「そうだ、良かったらクラウスが育ててみませんか？」

「お、俺が!?　花を育てた経験なんてないんだが……」

「ニケさんによると、初心者でも簡単に育てられるものだそうなので」

ステラはクラウスに、ガーデニング用品を差し出した。小さな茶色の植木鉢と土と花の種が入れられている。

クラウスはそれらを見て、視線をさまよわせた。

嫌ならすぐに突き返すだろうと思ったが、そんな様子はない。

「その様子は、ガーデニングに少なからず興味があると解釈してよろしいですか？」

「残念だったな。大間違いだ」

「それは残念です。けれど、これはクラウスが育ててください。そして咲いたら私に一番に見せてください。約束ですよ」

「勝手に決めるな！」

絶対に叶わない約束だ。

それを分かっていながら、ステラは無理矢理クラウスへガーデニング用品を押しつけた。クラウスは困惑しているようだったが、ステラが引きそうもないのを感じ取り、しぶしぶといった体で受け取った。

「せっかくもらった物をそう易々と人に渡していいのか？　変な約束まで取りつけて」

「……私はもうなにも残せないので」

「は？　それはどう……」

クラウスの言葉を遮るようにアレクシアが口を開く。

「取りあえず、今日はもうお開きにしようか」

「そうですね。私は先程申した通りこれから用事がありますので、今日はここで失礼いたします。あと、明日は別々に登校ということでよろしくお願いします。では、馬車を待たせているので」

間を置かず、ステラも続いた。

もう、体が限界を迎えていたのだ。

「俺もここで失礼するよ。充実した一日だった。誘ってくれてありがとう、クラウス。また学園で会おう」

「は、はい……」


ステラとアレクシアは連れ立って、夕方の王都の人混みへと足を向けた。

ステラは、ためらいつつもこちらへ足を踏み出しかけたクラウスの姿に、思わず苦笑した。

おそらくステラの異変に気づき、追いかけようか悩んでいるのだろう。

しかし、結局クラウスがステラを追ってくることはなかった。

クラウスの姿が見えなくなったのを確認した後、ステラは脱力する。

それを分かっていたかのように、アレクシアはステラを支えてベンチへ誘導する。

苦痛に顔を歪ませるステラに言った。

「ステラ、大丈夫？」

「申し訳ありません、私」

「謝らなくていいよ。馬車まで歩ける？」

「……申し訳、ありません。もう……」

「大丈夫。後は任せて」

アレクシアの言葉に頷くと、ステラは静かに目を閉じた。

ずっと痛みを我慢していたが、張り詰めていた糸がついに切れてしまったらしい。

ここから迎えの馬車まで距離がある。

「……ごめん」

気を失ったステラに断りを入れて、アレクシアはステラを抱え上げる。

その身体はひどく軽かった。

◇夜

ステラが目を覚ましたのは、その日の夜のことだった。

見慣れた天井。身体を受け止める柔らかなベッド。そこは自分の部屋だった。

身体の痛みは感じない。おそらく薬を服用させてくれたのだろう。

カーテンの隙間から覗く月明かり。伯爵夫妻は今夜もどこかのパーティーに出席しているのだろうか、屋敷はしんと静まりかえっていた。

「もうこんな時間なのですね」

ステラの記憶は、夕方ニケの店を出てアレクシアと少し会話をしたところで終わっている。

「……私はまた、アレクシア殿下にご迷惑をおかけしてしまったんですね」

はぁ、とため息をこぼす。優しさに甘えるばかりの自分が情けなかった。なにより、こんな自分の姿を見たアレクシアが愛想をつかすのではないかと不安だった。

今は眠れそうにない。気分転換に少し歩こう。

そう思い、ステラはベッドから出た。

薬のおかげか、体はかなり楽になっていた。

――今なら空だって飛べるような気がします。

そんなことを思っていると、机に置かれた一枚の紙が目に入った。

【薬で一時的に抑えているだけなので、安静にしててくださいよ？】

まるでステラの行動を読んでいるかのような文章。そしてその隣に描かれた壊滅的な画力の謎の生物のイラスト。

「一体誰が描かれたのでしょうか？」

ステラは首を傾げる。

ステラに薬を飲ませてくれた人なのだろうが、この手紙の主に心当たりはなかった。だとすれば、アレクシアの知り合いだろうか。

けれどあまりにも破壊力のあるイラストには思わず笑みがこぼれてしまった。

「まだ夜は冷えますね」

部屋から出るなり、ステラは廊下《ろうか》の窓の外で美しく輝く星空を見つめてこぼした。

春を迎えたといっても、まだまだ夜は肌寒い。

星空を横目に少し歩いていると、ステラの背後からよく知った声が聞こえた。

「ステラ様。お部屋は逆方向ですよ。どちらに向かわれるおつもりですか？」

ステラはゆっくりと振り返る。

「わざわざお迎えですか？」

「お部屋に伺ったらお姿が見えなかったので。意識をなくされたのをもうお忘れですか？」

月明かりに照らされて姿を現したのは、ミナだった。王立クラリアル学園でステラと同じクラスに在籍している、あの女子生徒である。

しかし、今は学園指定の制服ではなく、漆黒のワンピースとフリルのあしらわれたエプロンを身に着けている。

彼女は、ステラ専属の侍女なのだ。

だが、ミナには他の侍女とはまた違った役目があった。

ステラとミナは幼馴染だ。

物心ついた時から二人は主と侍女の関係であり、そして友であった。

そうだったはずなのに、ステラが病に侵されてから……正確には、ステラの病を両親が知ってから、二人の関係は大きく変わってしまった。

ミナはステラの状況・行動に不審な点があれば、すべて報告するようにとステラの両親に厳命されていた。病状も、もちろんすべて。それは、ステラが彼らの政略の道具として常にふさわしくあるように管理するためだ。

ミナは深緑色の瞳を静かに細めて、納得していない様子でステラを見つめた。

「クラウス様と急に親しく接しはじめたこと、なにか理由があるんですか？」

「貴方は私を監視しているのですから、なにもないことくらい分かっているでしょう？」

「確かに監視はしていますが、すべての会話を把握しているわけではないので、分からないことばかりですよ」

「そうですか。まぁ……パーティーの件で共にいるだけです。一緒に参加する予定なので。お父様とお母様に今日のことを報告する時に、そう伝えておいてください」

「かしこまりました」

「……それと、あの置き手紙はどなたが？」

「アレクシア殿下がお呼びになったお医者様です。大変優秀な方ということで、殿下がご紹介くださいました。また後日挨拶《あいさつ》にいらっしゃるとのことです」

主治医には先日一週間分の薬をまとめて渡されていた。つまり、さじを投げられている。

アレクシアが呼んだ医師に診てもらったとしても、大きな問題にはならないはずだ。

ステラはミナの説明に軽く頷いた。

「挨拶《あいさつ》に伺わなければいけないのは私のほうなのに……。他になにか仰っていましたか？」

「いえ。あとはいらっしゃった際にお話をされるとのことでした。旦那様達には『本日も異常なし』とお伝えしておきます」

「……そうですか」

ミナは深々と頭を下げた。

そんなミナを見て、ステラは口を開きかけ、やめた。

ミナが両親へステラにとって都合がいいよう報告をしていると気づいたのだ。しかし、それを表だって指摘することがお互いにとっていい結果に繋がらないと同時に理解した。

ステラは言葉を飲みこんだ。

「もう部屋に戻って休むので、ミナも休んでいいですよ。では、おやすみなさい」

「はい。おやすみなさい、ステラ様」

「……ねぇ、ミナ」

「なんでしょうか？」

ミナの横を通りすぎる時、ステラはためらいつつも口を開いた。

「貴方は貴方の仕事をきちんと全うしなさい。貴方の主は私であって私ではないんですから」

その言葉に、ミナは目を見開いた。

ミナの拳にギュッと力が籠もるが、答えることはしなかった。

だんだんと遠くなっていくステラの後ろ姿を、ミナは黙って見送った。


ステラが部屋に入ったのを確認してから、ミナは壁に拳をぶつけた。

「……ステラ」

弱々しくこぼされたステラの名。

唇を噛みしめ、ミナはその場に崩れ落ちた。

◇□◇

休むと言ったステラだったが、気になることがあり、バルコニーに出た。バルコニーは同じ階の部屋ならどこからでも出られるようになっていて、そこを介してルイの部屋と行き来することができた。

——やっぱり。

ステラは、真っ直ぐに夜空を見つめる小さな背中に声をかけた。

「体、冷えちゃいますよ」

「姉様、どうしてここに!? や、休んでいないと駄目じゃないか!?」

「心配をかけてしまったようですね。ですが、もう十分休んだので大丈夫ですよ」

ステラは羽織っていたショールをルイの肩にかける。

「僕はいいよ! 姉様の体が冷えるし……」

「……では、こうしましょうか」

ステラはルイの隣に座って、自分の肩にもショールをかけた。

二人の体は、大振りなショールにすっぽりと包みこまれた。

「これなら二人で暖かくなれますね」

「そうだね。ありがとう、姉様」

「いいえ。あ、そうだ!」

「どうかした?」

「実は、明日は一限目が休講になりまして。いつもより遅く家を出られるんです。それで、良かったらルイと一緒に登校したいな、と思っているのですが……」

「一緒に登校できるの⁉　ほんとに⁉」

「はい」

「やったー！」

満面の笑みで喜ぶルイに、思わず頬が緩む。

高等部と初等部では授業の開始時間が大きく違う。

そのため、ステラは毎朝ルイより早く屋敷を出るのだ。

しかし、明日は珍しく一限目が休講となった。いつもより遅く家を出ても十分に二限目に間に合う。

だからステラは、ルイと共に登校しようと考えた。

「そうだ！　せっかくだし今日は一緒に寝ませんか？」

「い、嫌だよ！　恥ずかしいし……。というか僕はもう十一歳だよ？」

顔をほんのりと赤くし、ルイはステラの提案を断った。

その様子に、ステラは可愛いと思いながらも、ルイの成長を実感していた。

弟の成長を嬉しく思うと同時に、ステラは寂しさも感じていた。


二人はしばらく夜空を眺めながら談笑した。

そのうちに、ルイの声量が小さくなっていく。夜も遅いので、睡魔に襲われはじめたのだろう。

それでもしばらくはステラの話に相槌を打っていたのだが、とうとう舟をこぎはじめたのを見て、ステラは優しく声をかけた。

「遅いので今日はもう寝ましょ……ルイ？」

「すぅ……ぅー」

「あら、本格的に寝ちゃいましたか」

ステラはルイを起こさないように小さくくすくす笑った。

隣で規則正しい寝息を立てるルイ。その寝顔は、ステラには天使のように愛らしく映った。

「誰か呼んでこないとですね」

以前はルイを抱えて運ぶことができたが、もうそれほどの力はステラになかった。使用人を呼んでくるしかないだろう。

「ルイ？」

ルイを起こさないように慎重に立ち上がろうとすると、グイッと裾《すそ》を引っ張られた。

「行かないで……姉様。置いて、いかないで」

「……これは困りましたね」

ステラは眉を下げる。

確かにルイは夢の中のはずだ。これは寝言なのだろう。

だが、自分をしっかりと掴む手を振りほどくことができず、ステラはルイの頭をそっと優しく撫でた。

「これじゃあ……動けないじゃないですか」

二人が部屋にいないことに気づいた使用人が捜しに来るまで、姉弟は寄り添っていた。

三日目

◇午前

翌日、ステラが乗る馬車の中にはクラウス……ではなくルイの姿があった。

二人は横に並び、仲睦まじげに会話をしていた。

「こうして姉様と登校なんて久々だね。すごく嬉しい！」

「私もですよ、ルイ」

ステラは残りの時間、悔いのないように過ごそうと決めていた。クラウスとの思い出を作ることはもちろんなのだが、ルイとの時間を増やすことも含まれていた。

治療中の三年間、ルイと過ごすことはできたが、会える時間は短かった。ルイには寂しい思いをさせてしまった。

同時に、二人を道具としか思っていない両親のもとにルイを置いていくことを、ステラは悔やんでいた。

だから療養が終わってからは、できるだけルイとの時間を確保できるようにしてきた。

年齢の割には大人びているものの、ステラにとって可愛い弟であることに変わりない。もうルイの成長を見守ることはできないけれど、それでも最期の時まで、自分にできることをするつもりだった。


ステラがルイを大切に思うように、ルイにとってもステラはなによりも大切な存在だった。

ルイは両親に対しての敬意をとっくに捨て去っていた。

跡取りであるルイに対するものと比べ、両親のステラへの言動はひどかった。

逆らうことを許されないマリオネットのような生活から、解放してあげたい。

ステラを両親から守りたい。

のびのびと自分の人生を全うしてほしい。

そうルイは思っていた。

けれど、まだ幼いルイにできることはなく、ステラに守られてばかりいた。

「僕が兄さんだったらなぁ……」

「ルイは私のお兄さんになりたかったんですか？」

「っ⁉」

ルイは慌てて口を塞いだが、もう遅い。

興味ありげなステラを見て、ルイは誤魔化せそうにないと悟ったた。

「だって、僕が兄さんだったらもっと姉様を幸せにできたかもしれないから……」

ルイの小さな手にグッと力が籠もる。

ステラを守れるような騎士になるのが、ルイの幼い頃からの夢だった。

けれど、その夢が叶うことはない。守りたい人は、もうすぐいなくなってしまうのだから。今にも溢れ出そうになる涙を必死にこらえながら、ルイは無理矢理元気を振り絞る。

泣いてばかりいてはステラを困らせてしまう。ルイは顔を上げるなり、満面の笑みを浮かべた。

「そうだ！　姉様。僕、今日は学園が早く終わるんだ！　だから一緒に出かけない⁉」

「あら、なんて素敵なお誘いでしょう。ぜひお供させてください」

「エスコートは任せて！」

「エスコートまでしてくれるんですか？　ルイったら、いつの間にそんな紳士に育ったんですか？」

「僕はいつでも紳士だよ！」

頬を膨《ふく》らませるルイ。

ステラはクスクスと笑いながら、「ごめんなさい。冗談ですよ」と宥める。

ステラが笑った。

それも心から楽しそうに。

ルイは緩みそうになる頬を必死でこらえながらその後もいろいろな話をした。

学園の話。友人の話。

それをステラは嬉しそうに聞いていた。

「ルイ。そろそろ降りる準備を。学園に着きますよ」

「わ、本当だ！　まだ姉様と話したいのに」

「私もルイとまだ話し足りません。でも、お友達ですか？　誰かが手を振っていますよ」

車窓から外を覗くと、こちらに手を振る少年の姿があった。

「僕の友達だよ。……姉様？」

「は、はい？」

「どうかしたの？　なんだか顔色が悪いよ？」

ルイはステラの顔を心配そうに覗きこむ。しかし、ステラは微笑みつつ首を横に振った。

「大丈夫ですよ。ちょっと薬の副作用がきつくて・・・・」

「お薬、もしかしてまた増やしたの!?」

「ルイ。この話はまた後で。お友達が待っているのでしょう？」

「……うん。行ってくるね」

「はい。行ってらっしゃい」

ルイは初等部の門の前で馬車を降りると、大きく手を振ってステラを見送った。


「珍しいな、お姉さんと登校なんて」

ステラが乗った馬車が高等部に向かうのを見送る。

少年はルイのもとへと駆け寄ってくるなり、ニヤニヤと笑みを浮かべて言った。

「お前はほんとにお姉さんのことが好きだよなー」

「……ヨウ。君にだってお姉さんがいるんだろ?」

「お前なぁ……弟が誰しも姉を好きだとは限らないんだぞ」

ヨウはルビーのような赤い瞳を静かに細める。彼の美しさを際立たせる、金色の髪が揺れた。

「オレの姉貴、馬鹿だしさ。脳内お花畑なんだよ。見てて腹立つ」

「さすがに失礼すぎじゃない?」

「別にいいよ。事実だし。それに姉貴はオレのこと、眼中にないしな。なに言っても大丈夫」

「でも意外だな。ヨウのお姉さんだから優秀なのかと思っていた」

「逆だよ。平民という身分に相応《ふさわ》しい人。品も学識もなにもない奴だよ」

ヨウは平民でありながらも、教育を受けてきた貴族の子息に匹敵するほどの秀才だった。とにかく実家が嫌いなヨウは、家業である農業の手伝いをしつつも、家を出るために必死に勉強してきたらしい。

そして優秀な成績で学園への入学を許され、初等部の特待生の一人として在籍している。

実力がすべての学園ではあるものの、やはり貴族の平民への態度は良いとは言えない。しかし、ルイとヨウは友人だった。

「最近あんまりお姉さんの愚痴聞かないけど……なにかあった?」

「姉貴は家の仕事をオレに継がせる気満々だったから、それが叶わないって気づいてから静かなんだ」

「そうなんだ……」

「そもそも最近は口すら利いてない。なんか元気なくてさ。ため息ばっか吐いてんの。辛気臭いったらありゃしねぇよ」

「心配だね。季節の変わり目だから体調でも悪いのかな？」

「さぁな。あーでも、クラ？　クラウ……なんだっけ？　誰かの名前を呼んでた。それを聞いた親父が、恋の悩みだとか言ってギャーギャー騒いでたな」

ヨウの言葉を聞き、ルイは偶然であってほしいと願いながら恐る恐る尋ねた。

「ねぇ。もしかして、クラウス……じゃない？　それって」

「あ、そうだよ！　クラウスって名前だ！　って……なんで分かったんだ？」

偶然か、それはステラの婚約者の名前と同じだった。

ルイはクラウスの浮気相手の素性や容姿はほとんど知らなかった。

しかし一度だけ、たまたま公爵邸を訪れた際に、クラウスが金髪の可愛らしい女性を連れて別邸に入っていくのを目撃したことがあった。

あの時見た女性の面影とヨウの姿が、この瞬間……重なった。

思い返せば、ステラは車窓の外を見てから表情が暗くなった。

おそらく姉弟とまでは思っていないだろうが、クラウスの浮気相手に似ているヨウを見て、気持ちが沈んだのだろう。

どうしたものか、とルイは頭を抱えた。

大好きなステラを困らせる浮気相手が、親友の姉かもしれない。

ルイは複雑な気持ちを抱えながら、校門を潜った。

◇□◇

「ステラ様、顔色が優れないように思います。ご無理をされていませんか？」

教室を移動する際、ミナがそっとステラに尋ねた。

昨日の一件もあり、ミナはかなりステラの体調に敏感になっているようだった。

ステラが大丈夫だと答えようとした時だった。

「っ……！」

ステラは手にしていた教科書を落とした。

急に全身に力が入らなくなった。

一気に暗転する視界。

ガタンッ！　という音が響き渡ると同時に、生徒達の悲鳴が上がった。「ステラ様！」という叫びに近い声が聞こえて、ステラは自分が倒れていることに気づいた。

——どうして？　薬は飲んでいるのに、なぜ……？

身体に力がまったく入らず、気づけば指先さえも動かなくなっていた。ステラがまぶたの重さを自覚した時には、もう気を失っていた。

悲鳴や、ステラを心配し駆け寄る生徒達の声は、意識を手放してしまったステラには届いてはいなかった。

騒ぎを聞きつけて教師数人がやってきた。

そして事の次第を知るなり、顔を真っ青にして保健室の教員を呼びに飛んでいった。


ステラが意識を取り戻したのは、それから一時間が経った頃だった。

教室を出た以降の記憶はまったくないが、視界に入る白い天井と鼻先をかすめる薬品の匂いから、ここが保健室だとわかった。

そして自身を包みこむ柔らかな感触から、自分は今、ベッドに寝ているのだろう。

——私、また倒れてしまったんですね。

ステラはまだハッキリとしない思考の中で、自分が置かれた状況を把握した。

「目を覚ましたのね」

ゆっくりと体を起こしたステラに気づき、教員が安堵したように言う。

「廊下《ろうか》で突然倒れたのよ。幸い頭は打ってないみたいだけど……」

「ご心配をおかけしてすみません。もう平気ですので」

「そう？　だけど、念のために今日は家に帰ったほうが良さそうね。ご両親に報告をしましょう」

「い、いえ！　もう大丈夫です！　授業に参加させてください！」

ステラはそう言うと、深々と頭を下げる。

彼女と面と向かって話したことがなかった養護教諭は、その様子に目を瞬かせた。

ステラは教師達の間でも評判の優等生である。

人望も厚く、生徒会の一員として真面目に学園の運営に携わっている。

そんなステラが倒れてもなお授業に出たいと懇願するのを見て、養護教諭は「体調を崩しても自分を甘やかさない立派な生徒」と解釈した。

俯いたステラの顔に浮かぶ冷や汗。血の気の引いた青白い顔色。なにかに怯えて小刻みに震える体に、養護教諭が気づくことはなかった。

「駄目よ。今日は帰ってゆっくり休みなさい」

「で、ですが……」

「あと念のために診察を受けたほうがいいかもしれないわね」

「あの、両親には私から伝えておきますので、大丈夫です。あと……申し訳ありません。やっぱりまだ体調が悪いみたいです。しばらくベッドで休ませていただいてもよろしいですか？」

「それは構わないけど、だったら帰って休んだほうが落ち着くんじゃない？」

「まだ動くと辛くて……」

「そう？　じゃあ休んでいなさい。先生は職員室にいるからなにかあったら呼んでね」

「はい。ご迷惑をおかけします」

教員がカーテンを閉め、椅子に座る音と共にステラはガクリと項垂れた。

体のあちこちが痛い。そしてなによりも自分の体とは思えないほどに重い。それは、両親に体調を報告されるという危機を乗り越えた疲労感だけでは決してない。

ステラはポケットに手を入れると、二つの小瓶を取り出した。

一つには水が、そしてもう一つには錠剤が入っていた。

ステラは錠剤を二錠出して口に含むと、水で一気に流しこんだ。


それから数分後、ステラを猛烈な吐き気が襲った。次いで幻聴、幻覚がステラを苦しめる。

冷や汗がこめかみを伝い、シーツに落ちた。

「……やっぱり副作用がきついですね」

ステラは小瓶に入った錠剤を見つめて呟いた。

グラグラと揺れる視界。あやふやなそれにさまざまな色が舞っている。

この薬を処方した主治医は、ステラに口を酸っぱくして言った。

非常に効果がある薬だが、同時に副作用も強い。だからどうか使用は慎重に、と。

しかし、すでに小瓶の中にはあと四錠しか残っていなかった。

耐性がついてしまったのか、効き目が薄いように感じるようになった。それに伴い、一度の服用の際の量はだんだんと増えていた。

ステラは小瓶をポケットにしまうと、ベッドに横になった。

しばらくそうしていると、副作用は徐々に落ち着いてきた。

ただ次に目が覚めた時の自分はどうなっているのか……そう思うだけで怖くなった。

ステラは震えそうになる身体を腕で包みこみ、丸くなる。

「あと少し、生きるためなんですから……だから……」

服薬しないと抑えられない強い症状。服薬することで起こる副作用。

怖くないと言えば嘘になる。

それらはステラの身体を心を、蝕みはじめていた。

「大丈夫。怖くない……怖くない。絶対に負けない……」

まるで自分に言い聞かせるように何度もそう唱えると、ステラは目を閉じた。

◇□◇

ステラが倒れたと聞いたアレクシアの脳内をよぎったのは、「病状の悪化」だった。

ステラの病と残された時間の短さを、アレクシアは知っていた。

また一人で苦しみにもだえているのでは？　と心配になり、アレクシアはステラの所へ向かった。

途中の廊下《ろうか》で養護教諭とすれ違い、ステラが一人でいることを知り、さらに足を速める。

そしてその心配は見事に的中した。

薬品の独特な香りが充満する保健室に、アレクシアは足を踏み入れた。一つだけカーテンが閉じられたベッドに向けて、アレクシアは声をかけた。

「ステラ。今、大丈夫？」

「かい、ちょう……？」

カーテンの向こうから聞こえてきた弱々しい声に、アレクシアの心がギュッと締めつけられた。

しかし、苦しいのはステラのほうだ。

「倒れたと聞いて様子を見に来たんだ」

すると、カーテンが静かに開いた。

「……すみません、ご心配をおかけしてしまって」

カーテンの奥から姿を現したステラは、ニコリと微笑んだ。

とはいっても、それは明らかに作られた笑顔だった。

真っ青な顔色。

乱れた髪と衣服。

ベッドから床に落ちた枕とかけ布団。

相当苦しんだことが分かる光景があまりに痛々しくて、アレクシアは思わず目を逸らしそうになってしまった。

「ステラ。髪と制服が乱れているよ」

「わ、私ったら！　し、失礼しました！」

ステラは青白い顔をほんのり赤く染めて、慌てて衣服と髪の毛を整えた。

自分の状態に気づけないほどに追いこまれていたのだろう。

その時、なにかがステラの制服のポケットから転がり落ちた。

「これって……」

アレクシアは落ちたものを拾い上げる。

そして、目を見張った。ステラが服用している、即効性の鎮痛剤だった。

だが以前アレクシアが見た時よりも、量が減っていた。

アレクシアが驚いている様子に気づいたステラは、そっと目を伏せた。

「……見られてしまいましたね」

そう言って、ステラはゆっくりとベッドから起き上がろうとしたが、体が動かなかった。

重りでものせているような感覚だった。

ステラはアハハ……と力なく笑う。

「ステラ。無理に笑わなくていい」

アレクシアはそう言うとステラに薬の入った瓶を差し出した。

「……ねぇ、ステラ。もしかして薬の量、増やした？」

「はい……。最近効き目が悪くて」

「でも、さすがに飲みすぎなんじゃない？」

副作用を知っているアレクシアは、ステラの体に大きな負担がかかっているのを心配しているのだろう。

服用しすぎていることは、ステラにも分かっていた。

しかし、ステラは痛みに追いつめられていた。

「だって、薬を服用しないと体が痛くて痛くて仕方ないんです。動けなくなって、息ができなくなって、まるで溺れているみたいな感覚がずっと続くんですよ？　それなら薬を飲んだほうがマシです！　確かに副作用も辛いけど……死にはしませんから」

その時、ステラはハッとした。

――私はまだ、死にたくない。

自分がそう思っていることに気づいたステラの瞳から、ボロボロと大粒の涙が流れ落ちた。

そして声を上げながら、幼い子どものようにステラは泣き出してしまった。

押しこめてきた本当の思いに気づいたことが、ステラの本心を解き放つ鍵の役目を果たしたのか、ステラは胸の内に秘めていた思いをこぼしはじめた。

「まだ……十六歳なんです。もっと学園に通いたい。もっと、皆といたい。も普通の女の子としてもっと生きたかった。なのに……なんで病気になんてなったの!?　なんで私なの!?　なんで……死ななくちゃいけないの？」

ステラは拳をギュッと握りしめた。

内に秘めていた悲痛な思いの数々が、溢れ出てくる。

今まで考えないようにしていた。

余命一週間だと聞いた時、心残りのないように過ごそうと決めた。

偽ることをやめて、素直になろうと決めたのだ。

その一方でステラは『死』という言葉を、意味を、自分を待つ未来を、無意識に考えないようにしていた。

「心残りがないようにと思ってました。けど、本当は心残りばかりです。私が死んだらルイはどうなってしまうんでしょうか？　死んだらあの子が苦しんでいても……私は助けてあげることができない！　そしてなにより、死んでしまえばルイのこともクラウスのことも、そしてアレクシア殿下のことも……大切な人のことを忘れてしまいそうで怖いのです」

恐怖に満ちた声が、瞳が……強くアレクシアに訴えかけた。

グッと拳を強く握りしめたアレクシアが、ステラの前で片膝をつく。

そして、大きな手でステラの白くて細い手を優しく握った。

「怖かっただろう……」

アレクシアの言葉に、さらにステラは涙をこぼした。

家庭のこと、クラウスの浮気のことなど、数多くのものをステラは抱えていた。その中で当然、『死』がなによりもステラの負担になっていた。

『死』を恐れない者などいないだろう。

大切な人との別れ。

この世との別れ。

そして自分自身との別れ。

死後、この世も自分もどうなってしまうか分からないことが、ステラは怖かった。

「俺が君にしてあげられることは、本当に些細《ささい》なことだろう。だからこそ、俺にできることはなんでもしよう。俺は君になに一つ心残りなく最期を迎えてほしいと心から思っているけど、ステラ……君はどうしたい？」

アレクシアの言葉にステラは目を見開いた。初めて聞かれた、ステラ自身がどうしたいかという問いへの答えをステラはもう持っていた。

流れる涙を拭った後、ステラは言った。

「……私にはまだ心残りが多すぎます。だからどうか、お力をお貸しください。このままでは死んでも死にきれません」

「……その返事が聞けて良かったよ」

「一番心配なのは弟のルイです。あの両親のもとに残していけません。ですが、具体的な方法はなにも……」

「それに関しては問題ないよ。事情を知ってから、ずっと案を考えていたんだ」

それからアレクシアが話した策は、ステラには思いつきもしないものだった。しかし、確実に勝算があった。

「ありがとうございます、アレクシア殿下。それでは、お任せしてもよろしいですか？」

「任せて。詳細は後で話し合おう。だから……今はゆっくり休んで」

優しく温かいその声に、ステラは安堵した。

一気に眠気が襲い、気づけば夢の中へと誘われていた。

そしてそれを見越していたかのように、静かに扉が開き、一人の青年が保健室へと入ってきた。

「先生が今こちらに向かわれています。あと五分ほどで到着されるかと」

「分かった。ステラは周囲に病について知られることを不安がっている。先生を案内する際は、生徒達に事情を知られないよう細心の注意を払え」

「御意」

「それとあの準備を始めようと思っている。イバラ、頼んだよ」

「……だから、先生《あの男》を呼んだのですね。ちゃらんぽらんで気に入りませんが……ステラ様のためですから致し方ありませんね」

イバラと呼ばれた深緑の目を持ち、炎のような赤い髪を一つに束ねたアレクシアの側近は、眉間にシワを寄せて言った。

不服そうな様子を隠しもしない側近に、アレクシアはやれやれといった様子で肩を竦《すく》めた。

◇□◇

それは、ステラが余命宣告を受ける三日前の放課後の出来事。

ステラが生徒会室で課題をやっていた時のことだった。

「ステラ？」

「アレクシア殿下。お疲れ様です」

「お疲れ様。どうした？　今日は生徒会の仕事は休みだよ」

「えっと……すみません。勝手に生徒会室を利用してしまって」

「いや、謝る必要はない。ステラも生徒会役員だ。使う権利がある」

アレクシアの言葉に、ステラはホッと安堵する。

本来なら授業終了後、すぐさま帰宅しようと思っていた。

しかし、今日はとにかく体の調子が悪かった。倦怠感と、頭が割れそうなほどのひどい頭痛。まったく治る気配もないそれらを抱えて帰宅する気には、どうしてもなれなかった。

なにせ、今日は珍しく父親である伯爵が屋敷に帰ってくる日だ。

母親だけでなく父親のご機嫌取りもしなければならないと思うと面倒で、憂鬱で、少しでもその時間を減らそうと、時間を潰しに来たのだ。

「アレクシア殿下こそ、どうしてここに？」

「実はまだ仕事が残っていてな。終わらせてから帰ろうと思って」

「でしたらお手伝いさせてください」

「ありがとう。だが、気持ちだけで十分だよ。今日は休みなんだから、ゆっくりしていてくれ」

アレクシアはそう言うと、鞄《かばん》から資料を取り出して作業を始めた。

正直に言うと、アレクシアの言葉はステラにとって大変ありがたいものだった。課題を開いてはいたが、ほとんど手につかないほどステラの体調は悪かった。

「そういえば、来週のパーティーには参加するのか？」

「……どうでしょう。クラウスは忙しいみたいですからね」

「毎回それだな」

「彼にもいろいろあるんですよ」

ステラの言葉を聞き、アレクシアは眉間にシワを寄せた。

「なぁ、ステラ。本当に大丈夫なのか？」

ステラは言葉を飲みこんだ。


これまでアレクシアにどれだけ助けられただろう。

初めてで分からないことだらけの学園生活。

王立クラリアル学園は、初等部、中等部、高等部という流れで進学する生徒がほとんどだ。

すでにでき上がった集団。築き上げられてきた信頼と、思い出の数々。

療養のために三年もの間学園に通えなかったステラには、学園生活は楽しいものではなかった。

しかし、そんなステラを救い出してくれたのがアレクシアだった。

『ステラ。生徒会に興味はないかな？』

アレクシアはステラに生徒会という居場所を与えてくれた。

生徒会に入ったことで人脈が広がった。クラスに馴染むことができた。

その時、ステラは思ったのだ。

なにか切っ掛けがあれば、空白の期間を埋めることはできるのだ。それをアレクシアは教えてくれた。

その他にも、ステラはたくさんのものを与えてもらった。

ステラが学園生活になかなか馴染めなかったのは、いつ悪化してもおかしくない病状が原因でもあった。療養を終えたといっても、完治したというわけではない。ただ、結婚適齢期まで命が繋がるようにされた身体だ。

いつ死ぬか分からない。

そんな恐怖と戦いながらも学園生活を送ることを選んだのはステラだったが、いざ体調のせいで生活に支障が出ると一気に負の感情が湧きあがった。

いつ終わるかも分からない命なのだと、改めて突きつけられたような気持ちになった。未来に死しかないのに、なにを希望に生きていけばいいのだろう、と。

希望であったクラウスとの関係悪化と浮気も、その思いに拍車をかけた。

それでもルイに弱いところを見せたくなくて、気丈な姉を演じてみせた。

けれど、臆病な自分を変えられるはずはなく、一人で泣く日も多々あった。

刻一刻と迫ってくる死に怯え、無気力になりかけた時も、アレクシアがステラを救ってくれた。

『別に無理をして動き出さなくてもいいんだよ。時には止まって休息をとることも大切。そして整理がついたらまた自分のペースで動き出せばいい。そうすれば自ずと視野が広がって、大切なものが見えてくるはずだよ』

その言葉を聞いて、焦る必要はないのだと。自分のペースで生きていけばいいのだと気づいた。

いずれ訪れるであろう死。けれど、今は不安がることなどない。

その時が来たら、また考えればいい。

そしてなにより……自分にとっての希望も見つけることができた。

そもそも、なぜ忘れてしまったのか、ステラは分からないくらいだった。

だからステラはそれ以来、臆病な自分と別れを告げ、思いのままに生きてきた。だから今、こうして楽しい学園生活を、人生を送ることができているのだ。


「……アレクシア殿下は本当にお優しいですね」

「別に普通だよ？」

「殿下にとって普通でも、多くの人にとってはそうではありません。それを実行に移せるアレクシア殿下は、素晴らしいと私は思いますよ」

ステラの言葉にアレクシアはほんのりと頬を染める。

その反応にステラもまた、頬を赤く染めた。

――あぁ、駄目だ。

ステラは許されない感情の高ぶりを抑えるために、席を立つ。

「お茶……淹れますね」

「あ、あぁ！　ありがとう！」

アレクシアは学園のために、休みでもこうして仕事をしてくれているのだ。

——なにか、私にできることはないのでしょうか……

考えれば考えるほど分からなくなってくる。

感謝してもしきれないほどに、たくさんのものを与えてもらった。今のステラがいるのは間違いなくアレクシアのおかげなのだ。

だから、生徒会に入ってアレクシアを支えることができれば……と思っていた。

けれど、仕事を手伝うだけではやはり足りない。

ステラは慣れた手つきでカップに紅茶を注いでいく。

甘い香りが生徒会室に広がっていった、その時だった。

「っ……!!」

「ステラ!?」

突然ぐらりと歪む視界。

同時にステラを襲ったのは、今までとは比にならないほどの激しい病の症状だった。

ばくばくと脈打つ心臓は治まること知らず、今までに感じたことのないほどにひどい痛みがステラを苦しめる。

ステラの異変に気づき、アレクシアが駆け寄ってきた。

「ステラ、大丈夫か!?」

「ツ、ア……」

痛みのあまり、声にならない。

早く痛みから解放されたい。なのに体の自由が利かない。

あまりの苦しさから大粒の涙が溢れ出る。

アレクシアに知られてしまうかもしれないことに焦りはあったが、苦しみもだえているステラにはどうすることもできなかった。

「待ってろ！　すぐに先生を……」

「……だめ。いか、ない……で」

「だが！」

「ポケッ……トのびん、とっ……て！　くすり、があるか、ら……」

アレクシアはステラの制服のポケットに手を入れる。

「分かった。取るぞ」

そして薬剤の入った小瓶と、水の入った小瓶を取り出した。

アレクシアは小瓶の薬を見るなり、目を見張った。

「これ、麻薬を利用した強力な鎮痛剤じゃないか！　そう簡単に処方されるものじゃ……」

アレクシアは動揺したが、すぐに今は迷っている暇はないと思い直した。

幸いステラの意識はある。

アレクシアはステラの体勢を整えて、うまく呼吸ができるようにしてから、口に薬を運んだ。

「飲むんだ、ステラ」

「ッ……ゴク」

なんとか服薬したステラに、アレクシアは安堵した。しかし、そんな暇など存在しなかった。

即効性のある薬である分、ステラを新たに苦しめる副作用もまた、すぐに姿を現した。

「っ……!!」

「ステラ？」

アレクシアは目を見張る。明らかにステラの様子が変だ。

ガクガクと体を震わせ、そして大粒の涙を流しながらステラはアレクシアを突き飛ばした。

突然の出来事にアレクシアは驚く。

婚約者のいる女性に対して距離が近すぎたのか、それとも不快に思われる言動をとってしまったのか。さまざまな推測がアレクシアの頭に浮かんだ。

だが、その考えはステラの悲鳴で吹き飛んだ。

「来ないで、やめて！　お父様、お母様！」

「ステラ……？」

「あ、ぁ……」

ステラの表情は恐怖に満ちていた。

――頑張るから、もっとお利口さんになるから……だから痛いのはやめて。

――ごめんなさい、ごめんなさい。私、頑張るから。

――ルイだけはやめて！　どうか、ルイだけは……！

ステラには、幼い頃の幻覚が見えていた。紡ぐ言葉はどれも痛々しいものだった。

アレクシアはもがくステラを引き寄せて、肩口に顔を埋めさせた。誰かが声に気づいて、生徒会室に来ることがないようにするためだった。

アレクシアは、ただ苦しむステラを見ていることしかできない自分が悔しくて仕方なかった。

ステラの悲痛な叫びが消えたのは、どれくらいの時間が経った頃だろう。

実際はそれほど長い時間ではなかった。

しかし、永遠のようにアレクシアには感じられた。

「……アレクシア殿下、ごめんなさい。ご迷惑をかけてしまって……」

ステラが落ち着いたのは、それから一時間後のことだった。

虚ろな目でステラは謝罪の言葉を述べた。

「そんなこと、気にしなくていい！　それよりも、体のほうはもう大丈夫？」

アレクシアは心配そうに尋ねた。その問いにステラはこくりと頷いた。

「ステラ。あれは麻薬を原料にした鎮痛剤だよね？　命に関わる難病患者にしか処方されないはずだけど……どうして持っているの？」

ステラはまだ完全ではない思考の中、告げた。

もう隠し通すことはできないだろう、そう思って。

「……アレクシア殿下のおっしゃる通りです。所持している理由は、私が難病を患っているからです」

初耳だったアレクシアは言葉を失った。

一体いつから患っていたのだろうか？　ステラは今日まで、一切それを悟られぬように過ごしてきたことになる。

なぜ、という疑問がアレクシアに浮かんだ。

それほどの病気を患っているとは一度も聞いたことがなかった。

その情報が隠されていることも、当然のように学園に通っていることも、アレクシアには不自然なことのように感じられた。

その時、彼は気づいてしまった。

ステラが幻覚を見ていた際に、言葉にしていた悲痛な叫びの数々。

隠された病の存在。

そして、ステラが叫んでいた名前。

「もしかして誰かに秘密にするように言われているのか？」

アレクシアの言葉にステラは目を見開いた。

それによって、アレクシアは自分の考えは正解だったのだと確信した。

「伯爵夫妻か？」

「……はい」

ステラは迷った末、頷いた。

大切なルイが人質にとられている状況で、両親の言いつけ通り、誰にも明かす気はなかった。

だが、一人で抱えこむにはあまりにも大きすぎる難題だった。

心身共に押しつぶされそうな毎日。

自分の言動ですべてが変わる。

大切なものを失うかもしれない。

ステラは誰かに助けを求めたかった。

「アレクシア殿下。私は……どうしたらいいのでしょう？」

気づけば、ステラは涙を流しながらすべてを話していた。

十二歳の時に難病と診断され、療養していたこと。

そして戻ってきた頃には、婚約者であるクラウスの心は離れきってしまっていたこと。

ルイを人質にとられていること。

そしてこの病はステラの体を蝕み続けている、ということを。

——誰にも話せない。

——誰にも相談できない。

——辛くて苦しかった。

——怖くて仕方なかった。

すべてを話し終え、ステラの心は随分と楽になったが、同時に戸惑いや恐怖を抱きはじめた。

両親との約束を破ってしまったことで、ルイに被害が及ぶのではないか、と。

「アレクシア殿下！　どうかこのことはご内密にお願いします……！」

「安心してくれ。誰にも言わない。勇気を出してすべてを話してくれてありがとう」

アレクシアはステラの頭をそっと撫でた。

その手はとても温かく、優しいものだった。

「ありがとうございます。その、アレクシア殿下。もし私になにかあったらルイのこと……」

「そんな悲観的な考えは捨てて。大丈夫。俺はステラの味方だから。俺は君の力になりたい。だから、俺をどうか頼ってほしい」

「……どうしてそこまで」

ステラは星のような瞳で、真っ直ぐにアレクシアを見つめた。

その言葉にアレクシアは微笑む。

とても優しく、そして……悲しそうに。

「決まっているだろ。ステラが大切だからだよ」

◇午後

昼休み、なかなか集合場所に現れないステラに痺れを切らしたクラウスは、ステラの教室へと赴《おもむ》いた。

しかし、女子生徒から告げられた言葉にクラウスは目を見張った。

「え、帰った？」

「はい。ご体調がよろしくないようですよ。もしかしたらまだ保健室にいらっしゃるかもしれませんが」

道理で集合場所に来ないわけだ、とクラウスは肩を竦《すく》めた。

腕に抱えていた紙袋にそっと視線を落とす。

「ステラ様にですか？　お渡ししましょうか？」

「あ、いや。自分で渡すからいい。教えてくれてありがとう」

クラウスはそう告げると、ステラのクラスメイトに会釈してその場を去った。

どうしても昨日の様子が脳裏にチラつく。

もしかしたら昨日から体調が悪かったのかもしれない。

気づけなかったことになぜか罪悪感を抱きながら、クラウスは保健室へと向かった。


「クラウスじゃないか！」

その途中、アレクシアに声をかけられた。

「アレクシア殿下!?」

「学園の中では殿下はよせ。生徒アレクシア殿下と呼ぶようにいつも言っているだろう?」

「す、すみません。つい癖で」

「まぁ、いい。それよりもどこかに向かう途中だったか?」

「あ、いえ……。生徒アレクシア殿下はどこかに行かれるんですか?」

「いや。もう用事は済ませてきた。それよりも、婚約者が体調不良だというのにお前は冷静だな」

「ご、ご存じだったんですね……」

「あぁ。ステラが倒れたと聞いて、たった今様子を見に行ってきたところだ」

「お、俺も今知ったところだったんです。それでこれから向かおうと思っていたんです!」

「じゃあなぜ今誤魔化した? 俺に声をかけられたから?」

「そ、それは……!」

クラウスは口ごもる。

なぜ誤魔化したのかと尋ねられ、クラウスはなんと答えるべきか分からなかった。

公爵子息であるクラウスは、王族の側近候補として幼い頃から王城に出入りを許されていた。アレクシアとは年も近く、特に親しく過ごしてきた。所謂幼馴染である。遠慮をするような仲ではない。

黙りこんだクラウスに、アレクシアは呆れたような目を向けた。

「もうステラはいないよ。ついさっき迎えが来て帰った」

「そ、そうですか」

「まぁ、見舞いには行くんだぞ。……それはそうとクラウス」

「はい？」

「……いや、なんでもない。引き止めて悪かったな」

アレクシアは表情を一瞬曇《くも》らせた。

だがしかし、すぐさま人懐っこい笑みへと変わり、急ぎ足で行ってしまった。

一人取り残されたクラウスは頭をガシガシとかいた後、盛大なため息を吐き、進路を改めた。

◇□◇

放課後になり、クラウスはすぐに学園を出た。

時間はある。ステラのお見舞いにでも行くか……とクラウスが校門を潜った時だった。

「あ、クラウス！」

「ヒ、ヒナ!?」

突如クラウスの前にヒナが現れた。

下校途中の生徒達の視線が一気にクラウスに集中した。

無理もないことだ。

婚約者でも学園の生徒でもない女性が、公爵家の嫡男の名を呼び捨てにし、駆け寄っていったのだから。

「なんでここに……!?」

「寂しくて会いに来ちゃった」

「と、取りあえず、場所を変えるぞ！　ここは目立つ」

クラウスは迎えの馬車を置いて、ヒナを連れて急ぎ足で学園から離れた。


人通りの少ない場所まで来ると、クラウスは声を上げた。

「なんで来たんだ！　お前と俺の関係は危ういものなんだぞ！」

「わ、分かってる！　けど会いたかったんだもん！　寂しくて私、死んじゃうかと思ったくらいなのに！　クラウスは私に会いたくなかったの!?」

「会いたかったに決まってるだろ！　だが、ステラとの約束で一週間会わないことになってたじゃないか！」

「だ、だってぇ、約束なんて構ってられないくらい、寂しくて死んじゃいそうだったんだもの……」

ヒナは丸い瞳を潤ませた。次第に瞳には涙がいっぱい溜まり、溢れ出しそうになった。

クラウスはヒナの泣き顔にとにかく弱かった。

クラウスはヒナを抱き寄せると、その金髪を優しく撫でた。

そして、優しい声色で宥めるように言った。

「どなりつけて悪かった。俺もヒナに会いたかったよ」

「本当？」

「嘘を吐くわけないだろ。俺はヒナのことを愛しているからな」

「嬉しい！　私もクラウスのこと愛してるよ」

甘い空気が二人を包みこむ。

二人だけのこの楽園に、誰も踏み入ることはできないだろう。

「そうだ！　クラウス、この後用事ある？　もしないなら噂のパンケーキのお店に行きたいんだけど、どうかな？」

赤い瞳を無邪気に輝かせ、ヒナは言った。

久しぶりに会った、愛しい女性からのお誘い。

断るなどという選択肢は、クラウスには存在しなかった。

「あぁ、行こうか」

「やったー！　楽しみ！」

「俺も楽しみだよ。ヒナと行きたかったし」

「私もクラウスと行きたかったよ～！　ってあれ？　その荷物はなに？　あ、もしかして私へのプレゼントとか!?」

ヒナの視線の先にある紙袋。

それはクラウスがステラに渡そうと思っていた物だった。

「ごめん。これは違う。これはステラにだ」

「ふーん。それで？　渡しに行かないの？」

「まぁ……後でもいいよ。急ぎじゃないからね」

「そっか！　じゃあ行こう！」

ヒナは満足げに微笑むと、クラウスの腕をとって駆け出した。

クラウスが婚約者であるステラではなく、自分を優先したことで、ヒナは優越感に浸っていた。

一方クラウスは、体調が悪い婚約者を放っておいて、浮気相手を優先してしまう自分に後ろめたさを感じていた。

「なぁ、ヒナ。お前は俺のことが必要か？」

「なに当たり前のこと言ってるの？　必要に決まってるじゃん！　だってクラウスだもん！」

瞬間、頭をよぎったのはステラの姿だった。クラウスを必要としていると言ったステラ。

そして、今もなおモヤモヤする、昨日の不可解な言動。

昨日、去っていったステラを追いかけようかと思ったが、諦めた。

この人混みではステラを見つけるのは不可能だろう、登校は別でも昼はどうせ一緒だろうし、その時に聞けばいいか。

そんな甘えを抱いて、クラウスは帰った。

ステラに押しつけられたガーデニング用品は今、部屋の片隅で泣いているだろう。

クラウスにとってヒナは、どんな嫌な感情をも掻き消してくれる、素晴らしい万能薬なのだ。

ヒナを見つめると、彼女はクラウスの目を覗き込んで笑顔を見せた。

そんなヒナの太陽のような笑顔を見てしまえば、クラウスにはなんの迷いもなくなった。

四日目

◇午前

「痛い。痛いよぉ……」

夜明け前の暗い部屋の中には、苦しみに満ちた声と荒い呼吸音が響いていた。

苦しみに藻掻く度にギシリと軋むベッド。

——息が苦しい。

——全身が張り裂けそうに痛い。

ステラは薬の入った小瓶へと手を伸ばす。しかし、その手はミナによって阻止された。

「昨日飲まれたばかりじゃないですか！　朝になれば先生がいらっしゃいますから……！」

ミナの瞳には涙が滲んでいる。

ステラを苦しみから早く解放してあげたい。そのためには薬を飲むのが一番だろう。

けれど、日々薬が減っているのを知っているミナは、これ以上はステラの体が危ないのではないかという恐怖に囚われていた。

だからどうしても薬を渡すことができなかった。

「じゃあ、どうしたらいいの？　痛みに苦しんで最期を迎えるしかないの？」

「そ、それは……」

「お願い、ミナ。薬をちょうだい……」

弱々しい声で懇願するステラ。

ミナには、なにが最もステラのためになる選択なのか分からなかった。

しかし、ステラが望むなら、それがステラにとって最適な選択肢なのだ。

そう思い、ミナは薬をステラに飲ませた。


小鳥のさえずりが聞こえ、顔を見せたばかりの太陽の光がステラの部屋へと差しこむ。

ステラはボーッと窓の外を眺めていた。

「ステラ様。体はどうですか？」

「……平気です。私よりも貴方のほうがひどい顔をしていますよ」

ステラの指摘に、思わずミナは顔を逸らしてしまいそうになった。

ミナの目は腫れ、充血していた。

「すみません……。旦那様と奥様には、少し体調が悪いようだと伝えております」

「報告ご苦労さまです。でも、別に気を遣わなくていいんですよ？」

「遣いますよ！　だって真実を話したらあの人達は……」

ミナは行き場のない怒りを抑えこむために唇を噛みしめた。

ミナはステラの情報すべてを伯爵と夫人に報告する役割があった。

伯爵家がより大きく発展していくための大切な道具《ステラ》についての報告だ。

内容次第で、伯爵と夫人の機嫌は大きく左右される。

ステラの命の短さを、公爵家への嫁入りまでステラの身がもたないことを知られたら……

当てが外れた彼らは、なにをしでかすか分からない。

「ミナ。私のことを思ってくれてありがとうございます。花屋の件も見て見ぬ振りをしてくれていたんですよね？」

「それは、まぁ。ガーデニングなんてこの御屋敷じゃできないですから」

ミナは医師によるステラの診断結果をいつも誤魔化して、報告していた。

ステラの余命が一週間であると伝えられた時もそうである。

結果は異常なし。

そう報告すれば伯爵と夫人は安心して、「後は任せた」とすべてをミナに委ねてくれる。

築き上げてきた信頼により、伯爵と夫人はミナの報告を一切疑わない。

そこをミナは利用しているのだ。

「本当にありがとう、ミナ」

「……私にできることはこれくらいですから」

ステラの美しい髪を整えながら、こんな穏やかな時間が続けばいいのにとミナは思った。

苦しむ姿なんて見たくない、幸せになってほしいと強く願っているのに、願いはなかなか叶ってはくれない。

コンコンとノックの音がした。

ステラが頷くのを見て、ミナが扉を開けて訪問者を招き入れた。淡い栗色の髪をした、背の高い男が扉から顔を覗かせた。

「少し楽になったみたいですね
「はい。ミナ。フレディ先生にお茶をお願いします」

「かしこまりました」

「いや～、すみませんねぇ。わざわざ」

「それはこちらの台詞です。私のために遥々隣国から来てくださったとお聞きしました。本当に、感謝してもしきれません」

「お礼はアレクシアに伝えてください。あいつが呼んだわけですし」

フレディという名のこの医師は、アレクシアの友人だという。

豊富な知識と巧みな医療技術を持つ彼は、名医と称されるほどの医者らしい。

また、ステラが患っている病気の研究を行っているんだとか。

そんなフレディが到着したのが一昨日。あの置き手紙は彼が残していったものらしい。

検査結果に目を通して、フレディは思案顔で黙りこんだ。

「フレディ先生。私は、あと何日生きられますか？」

フレディは顔を上げてステラを見た。

ステラは真っ直ぐな曇《くも》り一つない目で、フレディを見つめ返した。

良い返事が来ないことは、ステラには分かっていた。それでも、医師である彼の正確な診断が欲しかった。

フレディはそんなステラに、誤魔化すことなく真実を告げることにした。

「……良くて宣告通り残り四日ですね。最悪今日、と言ってもいいぐらいです」

「どうか、あと四日は生きられるようにしてください。私にはまだやり残したことがあるんです。だから……死ぬわけにはいかないんです」

強く、強く拳を握りしめるステラ。その手は、体は、小刻みに震えていた。

「……その『やり残したこと』ってやつを、直接聞かせてくれないですか？　アレクシアから聞いてはいますけど、ステラさんの口から聞かせてほしいです。その願いが叶えられるように、最善を尽くしますんで」

「ありがとうございます……」

ステラはフレディの真摯な言葉に安堵の表情を浮かべる。

そしてゆっくりと吐露しはじめた。

「まずは弟のルイのことです。私が死んだ後、あの子の身に危害が及ばないようにしたいんです。私がこの年齢で死ぬのは、両親にとって誤算です。私がいなくなった後、どんなことになってしまうか……」

ステラの傍に控えたミナは、息をのみつつも頷いた。

「そのためにも……両親を訴える必要があります」

ルイを守るためになにができるか。

そう考えた結果が、裁判だった。

貴族である両親は、たいていの訴えを握りつぶすことができる。しかし裁判であれば、貴族をも公平に裁くことが可能だ。証拠さえそろえれば、最低でもルイを害することはできなくできるというのが、ステラの見立てだった。

「ちなみに、こっちの準備は順調っすよ。証拠はそろっていますから、絶対に白星をあげてみせます」

「ふふ……。頼もしい限りですね」

「まぁ、任せてくださいよ。それで？　他には？　じゃんじゃん言っていいっすよ。近しい人じゃないからこそ話しやすいこともあるでしょ？」

促され、ステラは頷いた。

「次にクラウスのことです。昔のような関係に戻りたいのですが、なかなかうまくいっていませんね」

「……気になってたんですけど、どうしてそこまでクラウスさんと仲良くなりたいんですか？　俺っちは部外者だし、お二人の関係に口出しする権利がないことは分かってるんすけどね」

フレディは、医者として患者が抱えている問題は解決してあげたいのだ。

「決まっているじゃないですか。私にとって大切な人だからです」

「浮気されて、傷つけられたんすよね？」

「原因は私の病気ですから。それに彼だって傷ついていたと思うんです。そしてなにより、私は彼の優しさを知っています。だから……大切な人と険悪なままでお別れなんて嫌なんです」

ステラの言葉にフレディはハッとした。

「ステラさん。俺っちから言えるのは一つだ。一度クラウスさんとしっかり話して、自分がどう思っているかを伝えるんだ。絶対に伝わるから」

真剣なその眼差しに、ステラは瞬きをするのを忘れた。

思い返せば、正直に話せた機会はこれまでに一度もなかった。これまでクラウスはステラとの接触を避けてきていたからだ。

「ありがとうございます！　実は明日、クラウスと出かける予定なので話してみようと思います」

「おう！　応援してるぜ」

白い歯をニッと見せてフレディは笑った。

フレディは、ステラのクラウスに対する親愛を強く感じた。

他人であるフレディにだって伝わったのだ。当の本人に伝わらないはずがないだろう。そして誰しも善意の言葉を向けられて、悪い気なんてしない。

「あ……それと」

口ごもるステラ。若干頬が赤く染まっている気がする。

その反応を見て、フレディは言う。

「もしかしてアレクシアのことですか？」

アレクシア。

その言葉にステラの瞳が揺れた。フレディはそれを見逃さず、友人のためにも追及することにした。

「お？　当たり？」

「……違うと言ったら？」

「俺っちは大人ですよ～？　ステラさんより長く生きて、人生経験も豊富。それに、今までいろいろな思いを抱える患者をたくさん診てきました。だから正解とみた！」

フレディはこれまでさまざまな経験をしてきた。

時には疫病の流行った村を、時には大怪我をし意識不明の重体に陥った子どもを。急に症状が悪化し、治療に励んだが命を落としてしまった人もいた。

たくさん診てきた。さまざまな命の在り方を。

「アレクシア殿下にはとても感謝しています。本当に言葉では表せないほど……。私はいつも与えられてばかりです。アレクシア殿下は、いつも私に救いの手を差し伸べてくれます。けど私は、未だになんの恩返しもできていないのです」

「なるほどねぇ」

アレクシアは恩返しなんて望んでいないだろう。ただ、ステラを救いたいがために行動しているだけなのだ。

フレディはそう伝えようとも思ったが、それではステラの気は済まないだろうと思い直した。

「……なぁ、ステラさん。アレクシアから、ステラさんの病気について知ったのはつい最近だって聞いてたんですけど、どういう経緯で話すことにしたんすか？」

これは単にフレディが疑問に思っていたことだった。

ステラの許可を得て、アレクシアからステラの両親のことや、彼らの歪んだ教育方針については聞いている。しかし、どういった経緯でステラがアレクシアに打ち明けることにしたのか、想像もつかなかったのだ。

「だってステラさん、一人で溜めこむタイプっしょ？」

「……本当に。フレディ先生にはなんでもお見通しみたいですね」

◇□◇

診察後、フレディは客室で再度診断結果に目を通していた。

「フレディ様」

扉の向こうから聞こえてきた声に、「へーい」と適当に返事をする。

するとミナが姿を現し、一礼する。

「軽食とご要望のものをお持ちしました」

「おぉ～！　腹減ってたんすよね。どーも。それとこれも」

フレディはミナの手から資料とサンドイッチを受け取った。

「ステラさんは？」

「またお休みになりました」

「了解。今は鎮痛剤でかなり病状が落ち着いてるから、今のうちに侍女さんは仮眠を。クマ、すごいことになってるっすよー」

トントンと自身の目の下を指すフレディ。

そんな動作にミナは苦笑を浮かべる。

「ステラさんが心配なのは分かりますけど、侍女さんがそんな様子だと、ステラさんが気にして休むに休めなくなりますからね～」

「そうですね。ステラ様はお優しい人ですから」

ステラのことを思い、優しい笑みを浮かべるミナ。

フレディは、エネルギーを欲していた脳への褒美に、サンドイッチを頬張る。

まだまだ仕事が残っているらしい。

「侍女さんはさぁ……。ステラさんとアレクシアのこと、どー思います？」

「……私は侍女です。口を出す権利はありませんから」

「嘘吐き。本当は分かってるんでしょ？　けど、敢えて口にしない。その理由は一つ、ステラさんに口止めされているから。どう？　俺っちの名推理」

得意げに言うフレディに、ミナは呆れたように返す。

「いつから探偵に転職されたのやら……」

「医師舐めんなよぉ～？　こんなちゃらんぽらんしてるけど、案外頭はキレるんだ」

「自覚はあったのですね」

「侍女さん、なんか冷たくね？　アレクシアの側近みてぇ……」

「……似てるとでも仰りたいんですか？　私とあの人が」

「似てる似てる。主人に過保護なところとか、あと毒舌なところとかな！　まーじでそっくりだ」

嫌そうに表情を歪めるフレディ。生真面目なアレクシアの側近イバラとフレディは犬猿の仲なのだ。

一方、そんなフレディの思いを知る由もないミナは、忠告するように言った。

「ステラ様のお気持ちを乱すような発言だけは控えてください。ステラ様にはステラ様の意志がございます。私はそれを尊重したいと思っているのです」

「……そうか。侍女さんの気持ちは分かった。けどさ、俺っちは医師だ。医師はな、患者の本当の思いを表出させるのも大事なんだよ」

ニッと白い歯を見せ、不敵な笑みを浮かべるフレディ。

どうやら根本的に二人の意見は噛み合わないらしい。

「まぁ、侍女さん。気持ちが変わったら協力して頑張りましょうよ」

ミナへとフレディは手を差し出す。

けれど、ミナがその手を取ることはなかった。

「ありゃ、拒否？　……まぁ、いいや。けど、これだけは忘れんな。確かに意思の尊重は大切だ。けどな、本当にそれが本心なのか見極めてやるのも大切だと思うぜ？　そして本当の思いを引き出せるように促す。特にステラさんみたいな人にはこれが必要だ。侍女さんが一番よく知ってるんじゃねぇか？」

フレディの言葉にミナはグッと拳を強く握りしめる。

表情は険しいが、怒りは含まれてはいない。どうやら自分と葛藤しているらしい。

「まぁ、なんだ。その判断か本当に正しいのかしっかり考えて、後悔のないようにしろよ」

「……フレディ先生と話していたら眠くなってきました。少し仮眠をとらせていただきます」

「おいおい。遠回しに俺っちの話がつまらなかったって言ってません？　それ？」

「被害妄想が過ぎますよ。取りあえず、お言葉に甘えて休ませていただきます。起き次第、フレディ先生もお休みになってください。それと……そちらのほうもどうぞよろしくお願いします」

ミナの視線の先には、先程彼女が持ってきた資料があった。

それにはこれまでのステラの診察の結果が記されている。その厚さからかなり前から保管していたらしい。

ミナは伯爵達からステラの行動を見張り、随時報告するよう命じられていた。けれど彼女は、定期検診の結果はいつもねつ造して伯爵達に提出していた。すべてステラのために。

診断の結果が悪いと知った伯爵達がどんな行動に出るかなんて……想像したくない。

だからミナは自分の身に危険が及ぶことも恐れず、ただステラを守りたい一心で、伯爵達に嘘を吐き続けていたのだ。

「任せろって。これは重要な切り札だ。裁判を勝利へと導く、最高のな」

そう言ってニッと白い歯を見せ、笑った。

◇□◇

クラウスは伯爵邸へとやってきていた。

時刻は、ステラと約束している登校時間を過ぎた頃。

クラウスは、大きな罪悪感からいつもの時間に待ち合わせの場所に赴《おもむ》くことはせず、今日は一人で登校していた。

けれど、ステラの情報は婚約者であるクラウスに集まるのであった。

『ステラ様、体調不良で今日休みらしいけど、心配だな』

『ステラ様の体調は、少し良くなられましたか？　昨日とても辛そうだったので心配で……』

校門を潜るや否や、クラウスはステラが倒れた時のことや今日欠席することを知らされた。見舞いにも行っていないクラウスはいたたまれなくなり、その足で伯爵邸に足を運んだのだ。

しかしなかなか一歩が進まず、門の前で立ち止まってしまっていた。

約束を破ってヒナと会っていたこと、体調不良のステラよりもヒナを優先してしまったことに、クラウスは罪悪感を抱いていた。クラウスはどんな顔をしてステラに会えばよいのか分からなかった。

「なにか御用でしょうか？」

「っ⁉」

突然かけられた声にクラウスは驚いた。

「クラウス様。なにか御用でしょうか？」

ミナは、使用人としてあってはならないほどに、鋭い目つきと棘のある声色でクラウスに対峙した。

その瞳にすべてを見透かされているような気がして、クラウスは尻ごみした。

「……ステラのお見舞いに来たんだ。その、体調は……」

「今はすっかりお元気ですよ。ただ、念のため今日は学園をお休みされます」

「そ、そうか……」

元気。

その言葉にクラウスは許された気持ちになり、ホッと胸を撫で下ろした。そんなクラウスに、ミナは表情を緩めることなく言った。

「クラウス様、ステラ様からお手紙を預かっています」

「手紙？」

「はい。どうぞ」

ミナはクラウスに封筒を差し出した。クラウスはその封筒をためらいがちに受け取った。

「確かにお渡しいたしました。申し訳ございませんが、私はこれで」

「あ、あぁ……」

渡された封筒を見つめながら、クラウスは頷いた。そしてミナに背を向けると戻っていった。


ミナは学園に向かうクラウスの馬車を見送って、肩を竦《すく》めた。

ミナはこれまでステラの行動を見守ってきた。それは伯爵と夫人への報告のためでもあったが、なにかあった時に自分がすぐに駆けつけるためでもあった。

ステラのことはなんでも知っていると思っていたからこそ、アレクシアがステラの病やさまざまな事情を把握していることには驚いた。弱い部分を見せようとしないステラが、唯一彼には打ち明けられたのだと分かったから。

傍にいたとしても、自分はステラのなんの支えにもなれない。

ステラは弱い部分を決してミナには見せようとしないのだ。

だから、アレクシアにステラが抱えているものを知ってもらえて、ミナは嬉しかった。

アレクシアならステラの力になってくれると確信できるからだ。

だからこそ、ミナは腹立たしかった。

「……あんな男、ステラ様には相応《ふさわ》しくない」

ミナは知っていた。

昨日、クラウスがヒナと会っていたこと。

ステラのお見舞いにも来ず、遊び呆けていたことを。

「……別に私、面会はできないなんて言ってないんだけどなぁ」

呟くと、ミナは屋敷へと戻っていった。

◇午後

放課後、クラウスは馬車に乗ってとある場所へと向かっていた。

車窓から見える、大自然の広がる道。王都の中心街から離れるごとに、風景に緑が増えていく。

時折美しい花々が咲き誇っているのだが、どんよりとした天気のせいか、本来の美しさを発揮できていない。

クラウスは空を見つめ、思う。

まるで今の自分の心のようだ、と。

クラウスは封筒を手に取った。

手紙の差出人はステラ。

今朝方受け取った手紙だった。

【放課後、湖で待っています】


手紙の内容はたったそれだけ。

その一文に込められた思いなどクラウスは知る由もなかった。

馬車に揺られること一時間ほど。

クラウスは湖へとやってきた。

馬車から降りると、つばの広い白い帽子を被り、青いワンピースに身を包んだステラの姿が見えた。

クラウスを見て、ステラはぺこりと頭を下げた。

「ご足労をおかけしてすみません。そして、ありがとうございます」

「遥々来てやったんだから感謝して当然だ。でも、俺がもし来なかったらお前はどうする気だったんだ？」

「貴方なら必ず来てくださると思っていたので、考えていませんでした」

ニコリとステラが微笑むと、クラウスは頭を抱えた。ステラの予想通り、行かないという選択肢は存在しなかったようである。

「それで、わざわざここに呼び出した理由は？」

「少しお話がしたくて」

「それならこんな辺鄙な所じゃなくて、もっと近場でも良かっただろ」

「ここが良かったんです」

ステラはそう言うと、歩き出す。クラウスもまた、その背中を追って歩き出した。

◇□◇

幼い頃、二人はよくこの湖へ遊びに来ていた。

大きな湖に映る青い空がとても綺麗で、ステラは大好きだった。

しかし、今日はあいにくの曇《くも》り。

湖は濁ったような灰色を映し、お世辞にも美しいとは言いがたい。

「体調は、もういいのか？」

「はい。もうすっかり」

――嘘だ。

本当は今も体調が悪い。倒れたばかりなのだから、それも当たり前だ。

つばの広い帽子を深々と被っているのは、生気のない青白い顔を見られないようにするためである。どうしても最後にクラウスと思い出の場所に来たかったステラは、薬で症状を抑えこみ、湖へとやってきた。

ステラは湖の前で立ち止まる。

クラウスも少し距離をおいて足を止めた。

「そう言えば、本。読んでくれました？」

「す、すまない。すっかり忘れていた」

「……そうですか。でも、大丈夫ですよ。もう読まなくて」

「やけにすんなりと身を引くんだな」

「はい。だって……」

――読んだところで、貴方はきっと分からない。

――なぜ私が「羨ましい】と言ったのか。

――私がどんな思いで貴方にこの本を薦めたか。

そんな言葉が溢れ出そうになるのを、ステラは必死にこらえて、ゴクリと全部飲みこんだ。

「どうかしたのか？」

「いえ、なんでも」

「そうか。なぁ、ステラ。俺はお前に謝らなければいけない。俺はお前と約束したのに、ヒナと会った。そして出かけた。約束を、破ってしまってすまない」

クラウスはステラに深々と頭を下げた。

だが、ステラは特に驚いた様子もなく言った。

「別に構いませんよ」

「……怒らないのか？」

「怒るもなにも、想定内です。でも、自分から伝えてくるとは思っていませんでした」

クラウスとヒナが密会していたことは、ミナから報告を受けていた。

そもそも、ステラはとっくに二人は密会していると思っていたくらいだ。

ステラは真っ直ぐクラウスを見つめ、尋ねた。

「貴方は、ヒナさんのことを愛していますか？」

「愚問だな。愛しているに決まってるだろ」

「……そうですか」

迷いのない一言に、ステラは満足げに頷いた。


療養から戻ってきてすぐの頃、クラウスに拒まれたことは辛かった。

けれど、クラウスに自分の伝言や状況がなにも伝わっていなかったことを知り、クラウスが自分を拒んだ理由を理解した。

空白の三年の間に、クラウスは別に愛する人を見つけてしまった。

クラウスの誤解を解くことは許されていなかったけれど、それでもステラは諦めることができなかった。

なにせ、三年間ずっとクラウスのことを想っていたのだ。そう簡単に消せる想いではなかった。

クラウスの心の中に少しでも自分の存在が残っていてほしかった。

けれど、いつ死ぬかも分からないような自分に振り向かせるより、愛する人と幸せになってほしいと思った。

そう思って、クラウスへの恋心に終止符を打った。クラウスとの関係改善も、なにもかも諦めることにした。

だが、余命宣告を受けた時、最後くらい夢を見たいと思ってしまった。

恋心を捨てたとしても、クラウスが大切な人であることには変わりない。

昔のようにたくさん話して、お出かけして、勉強して、ご飯を食べて……笑い合いたい。

そう強く思った。

そしてこの数日間。少しずつではあったが、クラウスのきつい言動が緩和していった。

また昔に近い日常を過ごすことができて、ステラは嬉しかった。


「クラウス。この数日、私と過ごしてみてどうでした？」

「どうって……」

クラウスは返事に困り、しばらく悩んだ後に告げた。

「……まぁ、悪くはなかった。お前と張り合って勉強したおかげで、抜き打ちの小テストでは良い点数をとることができたしな」

「もしかして満点をとった人ってクラウスのことですか？」

「あぁ、そうだ。お前は？　何点だったんだ？」

「えっと、すみません。その時は保健室にいたので受けてないんです」

小テストの点数で競おうとしたクラウスだったが、その争いは実現しなかっ。

ようやくステラに勝てたと思ったのに……と悔しがるクラウス。

「まぁ、受けてないのなら仕方ないな。だが、来週の試験で俺は絶対にお前に勝つ！　だからお前も体調を万全にし、挑め！　分かったか！」

二度目の宣戦布告にステラは微笑んだ。

悪くはなかったという言葉が聞けて、ステラはもう満足だった。

「絶対に、負けませんから」

晴れやかに笑ったステラに、クラウスは満足げに頷いた。

「明日だが……俺はお前をエスコートすればいいのか？」

ステラは思わず目を見張った。

まさかクラウスの口から「エスコート」という言葉が出るとは思わなかった。

「驚きました。パーティーのことをご存じだったんですね」

「そりゃあ招待状が届いたからな。それに、このパーティーがあるから俺の一週間を欲しいと言ったんじゃないのか。お前、ダンスが好きだろう？」

まさかクラウスからお誘いを受ける日が来るとは思いもしなかった。

しかし、せっかく和解できたのだ。

最後の思い出作りには相応《ふさわ》しいフィナーレだろう。

瞬間、頭をよぎったアレクシアの姿に……ステラはグッと拳を握りしめた。

過ぎた願いを抑えこむために。

「……では、せっかくです。最後の思い出としてエスコートを頼めますか？」

「あぁ。任された」

「期待しています」

まさか、また踊れる日が来るなんて思ってもいなかった。ステラは心の底から喜びを感じた。


思い出のピクニックシートを広げ、腰を下ろす二人。

静寂が続く中、その中に溶けるような声量で、クラウスが言葉を紡ぎはじめた。

「にしても一体お前と俺の関係はなんなんだろうな」

本来は婚約者で、愛し合っていた二人。

けれどその関係性は三年間で大きく変わった。

「クラウスはどう思いますか？」

「質問に質問で返すな。けど、そうだなぁ」

ステラは迷うことなく、告げた。

「私は、友人だと思ってますよ」

「……そうか。あと宿敵も入れておけ」

「あら。友人を否定しないとは驚きました」

「うるさい！　俺の友人と認めてやったのにお前は……！　なんなら知人でもいいんだぞ！」

「それは困ります。だってクラウスは数少ない私の大切な友人なんですから」

微笑むステラにクラウスは肩を竦《すく》める。

その時、どんよりとした曇《くも》り空からわずかに光が差しこんだ。

そして、どんよりとした雲の隙間から太陽が少し姿を現した。

「……晴れるでしょうか」

「どうだろうな。まぁ、明日分かるだろう」

空を見上げ、二人は目を細めた。

「あー、そうだった。これ渡そうと思って」

そう言ってクラウスが差し出したのは、ステラがクラウスに渡した花の種だった。

「お前のためを思って用意してくださったものなんだし、お前も育てろ」

「種が少し減っているような」

「……そりゃあ、ちゃんと植えたからな」

今日植えたばかりだったが、クラウスは誇らしげに胸を張ってみせた。

「本当ですか!?」

「嘘ついても意味ないだろ。俺も育ててるんだ。お前も育てろ。花、好きなんだろ」

ステラは袋を受け取った。

——今からでも育ててみようかな
自分は花どころか芽さえも見られないだろう。

けれど、残された時間、趣味を続けるのもいいかもしれない。

そうだ、ルイとアレクシア、そしてミナやフレディ先生も呼んで皆で植えよう。

なにも残すつもりはなかったが、最後に思い出とともに残しておきたい。

「ありがとうございます。種は確かに受け取りました。ちなみに、クラウスはなんの花が咲くかご存じですか？」

「え、いや知らないが……ステラは知ってるのか？」

「はい。予想ですが……」

「そんなに早くから!?　ちなみになんの花だと思うんだ？」

「……咲いた時に答え合わせをしましょう」

「分かった。じゃあ、咲いたら約束通り一番に見せてやる。だからその時に花の名前、教えてくれ」

「……はい」

ステラは種の入った袋を優しく見つめながら小さく頷いた。

それから袋をそっと両手で包みこむと、言った。

「今日、ここでお話しすることができてとても嬉しかったです。良い思い出をありがとうございます！」

「大袈裟すぎだろ」

クラウスは呆れたように言った。

そして「そろそろ帰るぞ」と言って立ち上がり、歩き出すクラウスの背を見つめながら、ステラは微笑んだ。

――大袈裟なんかじゃありませんよ。ようやく夢にまで見ていたことが実現したのですから……

◇□◇

「クラウス様。お帰りなさい」

クラウスが公爵邸に戻ると、笑顔のアルスがクラウスを迎えた。

「あぁ」

そっけない態度でそう返事をするクラウス。

しかし、幼い頃からクラウスの従者を務めている彼には。その態度はいつもと違うものに映ったらしい。

ニコリと笑みを浮かべ、彼は言った。

「実はずっと心配していたんです。ですが……その様子ですと私の心配は無用だったようですね」

その言葉にクラウスの瞳が揺れる。

彼は従者という立場だからこそ、一番近くでクラウスを見てきた。壊れていくその瞬間も。

だからこそ、ステラと共に登校して、昼食を食べたり、放課後出かけたりしたという話を聞いた時は、大変驚いた。

もう昔のような仲睦まじい二人ではなく、特にクラウスがステラに強い嫌悪感を抱いていると知っていたからだ。

「心配をかけたな。けど、もう大丈夫だ」

「仲直りされたんですね」

「まぁな。また、昔のように話せたんだ。それと明日のパーティーにステラと参加することにもなった」

「楽しんでいらしてくださいね」

「あぁ。じゃあ、俺は別邸に行く。もう試験も近いから集中したい」

「かしこまりました」

別邸をヒナとの密会以外の理由で使用する日が来るとは、クラウスは思ってもいなかった。勉学のために用意してもらった別邸ではあったが、それは表向きの理由だ。

ヒナと会う時間を誰にも邪魔されないようにするという目的のために使ってい別邸を、本来の使用目的で訪れるのは変な気分だった。

さぁ勉強するかと意気ごんで、クラウスが扉を開けると……

「ヒナ!?　来ていたのか!?」

「もう！　帰ってくるのが遅いよっ！」

ソファーに丸くなるヒナの姿があった。

頬を膨《ふく》らませ、怒りを露わにしている。どうやらかなりご機嫌ななめのようだ。

「待たせたみたいだな、すまない。だが……今日は用事があるから会えないって伝えていたはずだぞ？」

「ひどい！　私はクラウスに会いたくて来たのに、クラウスはそうじゃないんだ！」

「そ、そんなわけがないだろう！　俺だってヒナに会いたかったさ」

「本当に？　私を後回しにして出かけたくせに。私よりステラさんのほうが大切なんでしょ」

もういい……！　とプイッとそっぽを向くヒナ。

クラウスは必死にご機嫌をとりはじめる。

「ステラは友人だ！　ヒナとは違う！　俺が愛してるのはヒナだけだ。だからどうか機嫌を直してくれ。今日の外出も婚約破棄のためだって、ヒナも分かってくれていたじゃないか」

しかし、ヒナはクラウスの説明を無視して口を開いた。

「友人、ねぇ。じゃあ、パーティーには行かないで」

「え……！」

そもそもなぜパーティーのことをヒナが知っているのだろうかとクラウスは疑問に思ったが、それを尋ねる前にヒナが続けた。

「友達なんでしょ？　恋人が行かないでって言ってるからって言えば、分かってくれるはずだよ」

「だが……」

「お願い、クラウス。行かないで……。私を一人にしないで」

ギュッとクラウスの袖を握る小さな手は、震えていた。

気づけばその手を包みこみ、クラウスはヒナを抱きしめていた。

五日目

◇午前

パーティー当日となり、会場である王城の大広間は多くの出席者で賑わっていた。

王家が定期的に開催しているパーティーである。毎回多くの貴族が出席する華やかな催しだが、今回はいつも以上に盛況だった。

中にはステラと同じクラスの令嬢達の姿もあり、皆ソワソワしていた。

その理由は、あまりこういう場に姿を現さないステラが出席するからである。

「聞きまして？　ステラ様が今日出席されるって……！」

「もちろん！　お二人の姿を見るために出席したようなものよ！」

「おそらく同じ理由の方が多いでしょうね。ステラ様が出席されるという噂が広がって、一家で参加される方が急増したとか……」

令嬢達は噂話で盛り上がる。

けれど、中には心配そうな表情を浮かべている者もいた。

「それにしても遅くありませんこと？　パーティーが開始して三十分は立ちますけど……」

「確かに。なにかあったのでしょうか？」

令嬢達から口々にステラを心配する声が上がる。

それに聞き耳を立てていたフレディが言う。

「確かに遅いな〜。トラブルかぁ？」

「心配です。姉様、パーティーをとても楽しみにされていましたから……」

眉を下げ、ソワソワと落ち着かない様子のルイ。

まだ幼いルイは伯爵家の一員としての招待は受けていなかったが、アレクシアが個人的に声をかけてくれてこの場にいた。他国の医師であるフレディもそうだ。

不安そうなルイを見て、余計な心配をさせてしまったと反省したフレディは話題を変えた。

「もしかしたらまだ準備中なのかもな。いやー。にしてもルイくんのお姉さんがどんなドレスを着てくるのか気になるな〜。なんでも似合うだろうし、超楽しみだぜ。ルイくんもそう思うだろ？」

「なにを当たり前のことを言っているんですか。姉様はどんなドレスでも似合うに決まっています」

フレディの言葉にルイが不満げにそう答えれば「ほんと、お姉さん大好きっ子だね〜」とケラケラと笑った。

「と言うか！　姉様を変な目で見ないでください！　姉様が汚れる！」

「おいおい、ひどい言い様じゃねぇか。まぁ、ガキはこれくらい生意気なほうがらしいか」

「子ども扱いしないでください……！　僕だって大人です！」

「お、言ったな」

フレディはニヤリと悪い顔をして、「すみませーん」と給仕に声をかける。

「コーヒーとジュースもらっていいっすか？」

給仕からそれらを受け取ると、フレディはコーヒーをルイへと差し出した。

それを見てルイは顔をしかめた。

「……普通逆じゃないですか？」

「大人ならコーヒーぐらい飲めるっしょ？　ちなみに俺っちは徹夜する時以外飲まないって決めてるから。ほれ、飲んだ飲んだ」

無理矢理コップを押しつけられ、「大人なルイくんなら飲めるっしょ？」なんて煽られてしまえば、ルイに残された選択肢は一つだった。

「飲めますから！」

その後、渋い顔をするルイに、フレディは笑いながら新たなオレンジジュースを差し出したのだった。


――一方、静寂に満ちた廊下《ろうか》にて、ステラはクラウスの訪れを待っていた。

パートナーにエスコートされ、続々と会場である大広間へと入っていく令嬢達。

その姿を見送り続けていると、気づけば一人になっていた。

屋敷でクラウスを待っていたが、彼は約束の時間を過ぎても現れなかった。そうこうしているうちにパーティーが始まる時間が迫ったため、先に王城に来て、こうして廊下《ろうか》で待っていたのだ。

しかし、クラウスは来ない。

それが意味することをステラ自身、理解できてはいた。でも、昨日クラウスが嘘を吐いていたとも思えず、クラウスを信じて待ち続けた。

「ステラ様……」

「もう。貴方のほうが悲しそうな顔をしてどうするんですか？」

「だ、だって……！」

ミナの拳に力が籠もる。

クラウスとパーティーに参加すると知った時、ミナは嬉しさと複雑さで胸が苦しくなった。

以前から、ステラがクラウスと仲睦まじい関係に戻りたいと思っていることは知っていた。

空白の三年間を埋める方法を模索している姿をずっと見てきたし、そして虚しく散っていく姿も何度も見てきた。

ミナは、婚約者としての役目すら放棄しているクラウスと仲良くしようとする理由が分からなかった。しかし、主の意思を尊重するのが侍女の役目であり、友人の願いが叶うことを応援するのは友として当然だった。

だからミナはこれまでステラの意思を尊重し、見守り、支え、応援してきたつもりだ。

ミナにとってステラはなによりも大切な存在で、世界の中心なのだ。

そんなステラが昨日、屋敷に戻るなり嬉しそうに言ったのだ。

『パーティーに参加することになりました。まさか、こんな日が来るなんて思ってもいませんでした』

その時の笑顔は幸福に満ちていて……ようやくステラが報われたことが分かり、ミナは嬉しくて堪らなかった。このまま、残りの数日を心残りなく最後まで笑って過ごせることを、ミナは願っていた。

それなのに、ミナの思いは呆気なく崩れ去ってしまったのだ。

「そろそろ入場の受付が終わってしまいますね……」

そう呟いたステラの表情からは、なんの感情も読み取れなかった。

約束を破られたというのに悲しさも感じられない無の表情。

――パーティーに参加できるのはこれが最後。せっかく着飾って来たのに、このまま帰るのはもったいないですね。

だから、ステラは一人でその会場の扉を開けた。

純白のドレスに身を包み、一人会場に姿を現したステラに会場がざわめいた。

その光景は、まるで一人孤独にバージンロードを歩く花嫁のように映った。

だからだろう。――ざわめきの中に次々と悪意が姿を現しはじめたのは。

「やはりあの噂は本当なのかもしれないわね」

「捨てられたんだわ、きっと」

「可哀想な人ね」

「でも、留学して三年も放置してたんでしょ？　愛想つかされるのも当然よ」

「男遊びがひどいって聞いたわ」

「留学先で愛人ができたって聞いたぞ」

根も葉もない噂の数々がステラを襲う。

そしてその言葉は次第に鋭い刃のように姿を変えていく。

「前々から気に入らなかったのよ」

「お高くとまってて嫌いだった」

「ほんと、滑稽」

「一人寂しく隅っこにいたらいいのよ。お似合いだわ」

ステラは良い意味でも悪い意味でも目立つ少女だった。

文武両道で心優しい性格の彼女は、多くの人に慕われていたが、中にはそれを良く思わない者もいた。

妬み嫉みの感情から、ステラを悪く言う者も少なくはなかった。

そんな者達の攻撃が今、ステラに向いていた。

パーティーは煌びやかで、華やかな場所。

それが一変した。

ステラの知るパーティーは、皆が笑顔で楽しそうで……心満たされる場所だった。

美しい音楽に合わせて、踊ることが大好きだった。

――あぁ。せっかくの最後のパーティーがこんなふうに終わってしまうだなんて。

あのまま帰れば良かったのかと後悔しはじめ時だった。

一人の青年が、ステラのもとへと歩み寄ってきた。

仮面で素顔を隠したその青年の登場により、さらに会場にざわめきが起きた。

一体誰だ⁉　と正体を知りたがる者、ロマンス小説のような展開だわと息をのんで二人に見入る者と、反応はそれぞれだ。

一方のステラは突如現れたその青年から目が離せなかった。

ステラにはその人物が一体誰なのかすぐに分かった。

だからこそ、今にも溢れ出そうになった涙をグッとこらえた。

――あぁ。貴方はどうしていつもいつも私に手を差し伸べてくれるのですか？

――どうして、そんなに優しい目で私を見るんですか？

――どうして……貴方を諦めさせてくれないんですか？

「私は貴方ほどに心優しく、真っ直ぐで努力家で……魅力的な女性を知らない」

「っ……！」

「リーリエント嬢。よろしければ私と踊っていただけませんか？」

本来なら婚約者のいる異性に、婚約者を差しおいてダンスを申しこむなどご法度である。

だからこその変装なのだろう。

自身の立場もありながら、それを放ってまでこうして手を差し伸べてくれる。

アレクシアという人間はいつもこうなのだ。

ステラはその手をとった。

もうパーティーに参加できるのはこれで最後なのだ。自分の気持ちに素直になろうとステラは思った。

……必死に隠し続けた思いが一気に溢れ出そうになる。

手を引かれ、会場の中心へとエスコートされる。

先程まで悪意に満ちていた会場が、気づけば光を取り戻していた。

オーケストラによって奏でられる美しい音楽に乗り、二人は踊り出す。

周囲の視線が二人へと集まった。

あぜんとしている者も小言を呟く者もいた。

しかし、誰もが二人に魅入ってしまっているのは間違いなかった。

寄り添う二人は、まるで一枚の絵画のような美しさと儚さがあった。

「ごめん。辛い思いをさせてしまって」

「え……？」

「もっと早く気づいていれば、ステラにあんな辛い思いはさせなかった」

会場に一人で入らせたこと、たくさんの棘のある言葉を身に浴びせてしまったことを、アレクシアは悔いているらしい。

ステラは慌てて首を横に振る。

「アレクシア殿下が気に病む必要なんてありません……！　それに、嬉しかったです。アレクシア殿下がダンスにお誘いくださったこと。一緒に踊れる日が来たことが……」

アレクシアには、第二王子としての役割があるはずだ。

それを放ってまで、ステラを助けに来てくれたのだ。これ以上、なにを望むというのだろうか。

ギュッと繋ぐ手に力が籠もる。

──まさかこんな日が来るなんて……

視線を向ければ優しく微笑まれ、思わず目を逸らしてしまいそうになる。

けれども目を離せない。離したくない。

なにせ、もうこの時間が訪れることはないのだ。

目に焼きつけ、忘れないようにしないと……

この幸せに満ちた一時を。

音楽が終わると、一気に歓声と拍手が沸き起こった。

それに二人は驚き、顔を見合わせた。

皆、二人の世界に引きこまれてしまっていて、もう仮面の青年の正体を探る者など会場にはいなかった。

しかし、突如現れた、謎に包まれた仮面の男に興味を示す者は多くいた。特に若い女性達だ。

「なんてかっこいいのかしら！」

「ステラ様の窮地を救う、まるで王子様のようなお方……！」

「素敵……。少しお話しできないかしら」

頬を赤く染め、自身の婚約者などそっちのけで、令嬢達は仮面の青年に釘付けになっている。

そして、一人の令嬢が足を踏み出すと、他の令嬢達もアレクシアのもとへと集まり出す。

「これはまずいな……」

困ったようなアレクシアの声を聞いて、ステラはアレクシアの手をとって大広間の扉に向かって走り出した。

「こ、こっちですっ！」

「ステラ⁉」

――私は一体なにをしているの……！？

気づいたらアレクシアの手をとって駆け出していた。

たくさんの令嬢達の視線がアレクシアに集まり、中には魅入られている者もいた。それを見て、気づけば断りもせずにアレクシアの手をとってしまっていたのだ。

「ステラ。連れ出してくれてありがとう。けど……」

「……きゃ⁉」

「走るのは危ないし、体にも悪い。だから後は俺に任せて」

ふわりとステラの体が浮く。見上げるとすぐ近くにアレクシアの顔がある。

所謂お姫様抱っこをされていた。

ようやく状況を把握したステラは、頬を赤らめ混乱した瞳でただただアレクシアの綺麗な顔を見つめていた。

この状況はあまりにも予想外で、ステラにとっては異常事態だった。


それから二人は大広間を抜け出し、空き部屋に入った。

アレクシアはステラをそっとソファーへと降ろす。そして片膝をつき、ステラと視線を合わせた。

「体調は大丈夫？」

「は、はい。平気です……」

「良かった。突然走り出したから心配したよ。でも、ありがとう。すごく助かった。あのままじゃ囲まれて逃げ出せなくなっていた」

そう言って笑うアレクシア。困ったような、けれどどこか嬉しそうな、そんな笑顔。

――あぁ。もっとこの方の顔をしっかり見たい。

ステラは手を伸ばし、ゆっくりと仮面を取った。

仮面の下に隠れていた端正な顔立ちが姿を現すと共に、ステラは今まで感じたことのない少しの優越感を抱いた。

ステラの行動に驚いたように、アレクシアの目が見開かれる。

その瞳に今映っているのは確かに自分なのだ。

二人の視線が静かに絡み合う。

「ステラ……？」

いつもと違う様子に、アレクシアはステラの顔を覗きこんだ。

ステラの内に秘めていた思いが一気に溢れ出そうになった。

……瞬間、騒がしい足音と声が聞こえてきた。

「フレディ先生！　お邪魔しちゃ駄目ですって！」

「うるさいなールイくん！　そうそう見つけられな……あ」

「もう！　だから言ったのに‼」

頬を膨《ふく》らませ、ルイはフレディの足を軽く蹴った。

しかし、ソファーに腰を下ろすステラを見て、顔を青くした。

「姉様！　もしかして体調悪いの？」

「え⁉」

「顔も赤いし、もしかして熱⁉」

慌てふためくルイ。

その一方でフレディは「青春だね～」と笑みを浮かべ、アレクシアを小突いた。

しかし、すぐに真剣な顔つきに変わって言った。

「アレクシアとルイくん。悪いけど保健室からこれ取ってきてくれない？」

フレディはそう言って一枚の紙をアレクシアに差し出した。

「僕はともかくアレクシア殿下に命令だなんて……！」

「落ち着けって、ルイくん。まぁ、なんだ。頼まれてくれるか？」

「分かった。すぐに持ってくるよ。ルイ、行こうか」

「……はい」

ルイは納得いかない様子だったが、二人は連れ立って部屋を出ていった。

フレディは二人の姿が見えなくなったのを確認すると、扉を閉めた。

「……フレディ先生？」

ステラは首を傾げる。

楽しげな表情を浮かべているけれど、仕事となれば別人のように真剣になる。

まだ出会って間もないが、それがステラの知るフレディだ。

しかし、ギュッと強く拳を握りしめる今のフレディは、知らない人のように感じられた。

「……ありがとうございます。フレディ先生」

フレディは、突如ステラが発した感謝の言葉の意図が理解できずに困惑した。

「今日、こうしてパーティーに参加できたのはフレディ先生のおかげです。まさかこんなにも幸せな一時を過ごせるとは思っていませんでした」

ほんのりと頬を赤く染め、胸元に手を添えてステラは言った。

その胸がまだ高鳴っている。熱もまだ、冷めきっていない。

それほど、ステラにとって今日のパーティーはとても心躍《こころおど》るものだったのだ。クラウスは来てくれなかったが、最期にとても良い思い出ができた。

「だから、本当にありがとうございます」

心から嬉しそうに笑うステラに、フレディの胸はひどく締めつけられた。

フレディは複雑だった。医師として、彼女が亡くなるということに満足なんてできていなかったからだ。

「申し訳ない」

「え？」

突然の謝罪の言葉に、ステラは目を瞬かせた。

首を傾げるステラに、フレディは言った。

「ステラさんを救えなくて」

フレディの声は、ひどく震えていた。

「もしかしてずっと気にされていたんですか？」

ステラの純粋な疑問だった。そんなふうにステラを思ってくれる医師はいなかったからだ。

「当たり前だろ！　ステラさんの命は、本来は救えるはずだったんだよ！　なのに、なんで……！」

悔しさのあまり、フレディは壁に勢いよく拳を打ちつけた。

フレディは、初めてステラの病気の進行具合を診た時、信じられないと思った。

難病ではあるが、たった数年で命に危険が及ぶほどに進行することは有り得ない話だった。

できるはずの治療をせず、結婚するまでの延命治療だけを施したステラの両親に、フレディは強い怒りを抱いていた。

フレディがステラに対してできることは、症状の緩和。そして、少しでも長く命が続くように最大限の治療を施すことだけだった。もう、手遅れだったのだ。

「フレディ先生が悔やむ必要はありません。確かに、専門的な治療を受けられたらと考えたことはあります。死を待つしかない未来に絶望した時期も確かにありました。けれど……私は今、とても幸せです。フレディ先生はこの期間で持てる力を尽くしてくれました。おかげで余命を全うすることができそうなのですよ？　むしろ感謝しかありません」

ステラは今、幸福に満ち溢れている。

残された時間はあと二日。

クラウスのことは残念だったが、ひと時だけでも幼い頃の夢を見ることができた。また、着々と裁判の用意を進めてくれているアレクシア達のおかげで、ルイの将来も明るいものになると確信していた。

ステラは、自分の命に終わりが迫っていることを受け止め、一瞬一瞬を大切にしていた。

「そういえば、アレクシア殿下達、遅いですね」

「……そうっすね。少し様子見てきます」

部屋を後にするとフレディは壁に背を預け、少しの間目頭を押さえた。

◇□◇

帰宅したステラは、緊張した面持ちでいた。

伯爵夫妻から呼び出されたのだ。

「ステラ様。どうかご無理だけはなさらないでください」

「ありがとう、ミナ。でも、これからは逃れられない。いえ……逃げてはいけないから」

「……そうですね。旦那様と奥様がお待ちです。参りましょう」

二人は戦いに行くような面持ちで、伯爵と夫人が待つ書斎へと向かった。


許可を得て部屋に足を踏み入れるなり、ステラは夫人に勢いよく頬を叩かれた。

じんじんと強い痛みがステラの頬に走る。

白い肌故に、叩かれた箇所の赤みが異様に目立った。

夫人が肩を大きく上下させて、抑えられない怒りのままにどなりつけた。

「貴方、一体なにを考えているの!!」

「……なにとは？」

「とぼけないで！　なぜクラウス様以外の男性と踊ったりしたの！」

パーティー好きの伯爵夫妻は今日も当然出席予定だったのだが、夫人が急遽体調を崩し、欠席していた。

それでもパーティーの一件は、すでに両親の耳に届いていたようだ。

ステラ自身にはまったく興味を示さない両親がわざわざステラを呼び出した理由が分かり、納得してしまった。

婚約者であるクラウス以外の男とダンスを踊った。

そんな話が公爵に伝わってしまったら、婚約破棄の可能性が出てくる。そうなってしまえば、延命治療に費やしたお金もステラに施した教育も、なにもかもが水の泡になってしまう。

それを危惧して、両親はステラを呼び出したのだ。

「……ミナ。これはどういうことだ」

伯爵はそう言ってステラの検査結果をミナに投げつけた。

ミナは目を見開いた。

それ、確かにステラの本当の検査結果だった。

「異常なしとの報告だったはずだが、これはなんだ？」

夫人はその紙を拾い上げ、目を走らせた。

「ミナ。貴方の報告とはかなり違うようだけど、一体どういうことかしら？」

「そ、それは……」

ミナのか細い声が部屋に響く。

「理由次第では相応の罰を与えるつもりよ」

ひどく冷たい夫人の声に、ミナは今にも震えそうになる体をなんとか抑える。

早くなにか言わないと、自分もステラも危ない。

ミナはなんとか言葉を紡ごうと試みたが、植えつけられた恐怖のあまり声が出ない。

「お母様。ミナを責めるのはやめてください!!」

ステラはそんなミナと夫人の間に割って入った。

「私がミナにお願いしていたんです。ミナは私の命令には背けませんから」

「そうか。それで、あと二日ほどで死ぬとは本当なのか？」

「……お医者様はそう仰っていました。余命一週間だと。けれど、分かりませんよ？　もしかしたらこの先ずっと、私は病と戦いながら生き続けることができるかもしれません」

「ステラ。そんなことは無理だと、自分が一番よく分かっているんじゃないか？」

伯爵の言葉にステラは言い返すことができなかった。

激しい症状を強い薬で抑えこみ、その薬の副作用に苦しみながら命を繋ぐ日々。

一錠では足りず、薬の量は日に日に増すばかり。

余命宣告の正確さを裏付けるように、ステラの体は蝕まれていた。

「ステラ。楽になりたくはないか？」

「はい？」

伯爵がそう言ってテーブルの上に置いた小瓶に、ステラは目を限界まで見開いた。

「旦那様、それ……」

ミナの声はひどく震えていた。しかし、それも無理はない。

この流れでステラに差し出された薬。それが意味しているものは……

「毒だ」

「っ!? 私に今ここで死ねと言っているのっ!?」

ステラは思わず声を荒らげた。

夫人は聞き分けのない子どもに言うように、優しくステラに声をかけた。

「物騒な言葉を使うんじゃありません。これは貴方を思ってのことです」

「毒を飲ませることがですか!?」

「貴方がこれ以上苦しむ姿を見たくないのよ」

娘のことを心底心配しているといった様子だったが、それが嘘であることを、ステラは身をもって知っていた。

「嘘よ! 貴方達が私を思ってしてくれたことなんて、なに一つないじゃないですか! 私とルイのことなんて、ただの道具としか思っていないくせに!!」

怒りが言葉となって放出される。

しかし、大きな声を出したことが良くなかったのか、ステラの身体はがくりと揺れた。

「ステラ様!!」

崩れ落ちるステラに、ミナが慌てて駆け寄った。

苦悶の表情を浮かべるステラに、伯爵と夫人は無慈悲な言葉を落とした。

「よく分かっているじゃないか。そうだ、お前もルイも所詮《しょせん》私達の道具に過ぎない。使えなくなったお前はもう用済みだ。お前は私達に余命のことを知らせないまま、病に侵されて亡くなり、私達に意趣返しをするつもりだったのだろうが……残念だったな」

「私達に黙って好き勝手に動いていたなんて、到底許せないわ。貴方は出来が良くてお利口だから扱いやすかったのに……。次《ルイ》は失敗しないように、教育を改めなければいけないわね」

もしもステラが病で命を落とせば、伯爵と夫人は命を落とすほどに病弱な娘を公爵家に嫁がせようとしていたとして、社交界でさらし者になる。噂話が好きな貴族は、すぐにステラの病気とそれが隠されていた理由を見つけ出すだろう。

そうすれば、一大スキャンダルとして、うまくいけば伯爵と夫人を追い落とすことができるかもしれない。ルイを守ることができるかもしれない。

ミナの協力があってはじめて成功する作戦だったが、ステラはそんな希望を持っていた。

両親もそれに気づいたのか、こうしてステラに毒を飲むように促した。毒であれば、自殺として片付けられるからだろう。

絶望的な状況だったが、ステラには冷静さが残っていた。

ステラは大きく息を吸う。そしてキッと二人を睨《にら》みつける。

「……私は死にに来たわけじゃありません。私は貴方達を説得しに来たんです。だから、絶対に毒なんて飲まないっ！」

「説得？」

「えぇ。貴方達はこれまでの自らの行いをどう思っていますか？　まさか、普通だと思っているの？」

「なにをわけの分からないことを言っている。さぁ、早く毒を飲め！」

毒薬の入った小瓶をステラへと突きつける伯爵。

「ステラ様には指一本触れさせません！」

ミナはステラを抱きしめたが、突然、伯爵に雇われた傭兵達が現れ、ミナを引き離した。

「ちょっと放して……！　キャッ!!」

ミナの叫び声が部屋に響き渡る。

「飲むんだ、ステラ。さもないとミナの命もルイの命もないぞ。無駄な抵抗はしないことだな」

ミナの細い首に短剣の先が当てられた。

「早く飲まないとミナが殺されちゃうわよ？」

夫人が邪悪な笑みを浮かべた、その時だった。

「……説得できるかもなんて考えていた私が愚かだったみたいです」

ステラは大きなため息を一つ吐く。

呆れた、そう言わんばかりに。その呆れの対象は自分か両親か、それとも両方か。

「ミナ。もういいですよ」

「……よろしいんですか？」

「はい。反省し、同行していただくのが理想でしたけど、こんな狂った人達に言葉は通じないようですから」

「分かりました。では」

ステラの言葉を合図に、恐怖に震えていたはずのミナの表情が一変する。

威圧感のある視線。澄んだその瞳には、もう一切の怯えも恐怖も宿っていなかった。

ミナを捕らえていた男は、そんなミナを見て、震え上がった。

敵わない。

自分なんかではこの女を屈服させることはできない。そう悟ったところで、一気に男の視界が回った。

ミナが自分の身体を投げ飛ばしたのだと気づいた次の瞬間には、男は壁に頭を勢いよく打ち、意識を失っていた。

これには両親も声を上げる。

「ど、どういうことだ!? お、お前！ そんな力があったのか!? じゃあ、なぜ!!」

「私はステラ様の侍女。一番近くで仕える侍女なら、主を守るために戦闘技術ぐらい身につけているに決まっているでしょう。捕まった振りをしたのは……」

バリーン!!

その時、勢いよく窓ガラスが割れた。

目を丸くして、慌てふためく両親。二人は、一体なにが起きたのか分からなかった。

しかし、窓ガラスが割れた原因と思われる男二人の登場に、二人は反射的に怒りを露わにした。

「だ、誰だ貴様は‼　ここをどこだと思っている‼　リーリエント伯爵邸だぞ⁉」

「承知しています。取りあえず、無駄な抵抗はやめていただきましょうか」

男の一人、イバラはもう一人をかばうように進み出た。

「まったく……。だから私はすぐに連行すればいいと提案したのに……。本当に手のかかるお人だ」

呆れたようにステラを見て、イバラは肩を竦《すく》めた。

ステラは苦笑するしかなかった。


当初、アレクシアの護衛を担当している部隊が伯爵邸に乗りこんで、伯爵と夫人の身柄を拘束することになっていた。

しかし、ステラは首を縦に振らなかったのだ。

『説得して、駄目だった場合に強行突破でお願いしたいです』

ステラは両親を完全な悪人だとは思いきれなかった。まだ、両親が自らこれまでの行為を悔い、反省する未来があるのではないかと思い、説得を提案したのだ。

『君の意見は尊重したい。けど、もし君の身になにかあったら……』

『考えがあります！』

「……なんて意気ごんでいたのに」

イバラは何度目かも分からないため息を吐いた。

「ご挨拶《あいさつ》が遅れました。私はイバラ。アレクシア・クラリアル・ルドルフ殿下の側近で、第一護衛騎士を務めております」

「ア、アレクシア殿下の……⁉」

両親は、不審者だと思っていた人物が、アレクシアの側近であったことに驚きを隠せない。

そもそも、イバラの名を知らない者などいない。なにせ、信じられないようなさまざまな伝説を残している騎士なのだ。だからこそ、両親はイバラの登場に震え上がった。

二人は、外に多くの傭兵を待機させていた。

ステラ殺害の計画を誰にも邪魔させないようにするためだった。

しかし、イバラが外から姿を現したということは、外にいた傭兵はもう……

なにより、イバラがどうしてここにいるのか。二人は最悪な結論を導き出して顔色を真っ青に変えた。

――アレクシア殿下が、このことを知っている。

もう一人いる男の存在を忘れ、両親はステラをなじった。

「ま、まさか……！　ステラ！　お前の仕業か⁉」

「私達を嵌めたのね⁉」

「言ったでしょう。説得しに来た、と。けれど、貴方達には無意味だと気づきました。ちなみに、倒れたのは演技です。名演技だったでしょう？　計画通り、油断してくれて安心しました」

「く、くそ……！」

「動くな。もうすでにこの屋敷は包囲されている。逃げ場はない」

イバラが剣に手を添える。

それだけで伯爵と夫人の体は石のように固まってしまった。

「い、一体私達になにをしようというの⁉」

怖気づいたのだろう。夫人が恐怖で声を荒らげた。

この先になにが待つのかと震える二人に、ステラは言った。

親切心と怒り、恨み……さまざまな感情を込めて。

「明日、裁判が行われます。貴方達二人の今後が決まる裁判です」

「裁判、だと……⁉　しかも明日⁉」

予想外の言葉だったのだろう、二人は膝から崩れ落ちた。

異例と言えるほどの早い展開に、裁判を起こすことは前々から計画されていたのだと勘づいた。

明るい未来を見いだせず、途方に暮れている。

ステラは苦笑を浮かべた後、天を仰ぐ。

——あぁ。終わったんですね。

そう思った瞬間、ステラの体から一気に力が抜けた。今度は演技ではなかった。

けれど、一向に痛みが訪れることはなかった。

目を開け、ステラは視界に入った人物に微笑んだ。

「いつもいつも、アレクシア殿下は私を助けてくださいますね」

倒れる寸前で、ステラを支えたのはアレクシアだ。彼は正体を隠し、イバラと共に伯爵邸に乗りこんできていた。

その笑顔にアレクシアは歯をグッと食いしばり、言った。

「……本当に。もっと自分の体を大事にしてほしいよ、ステラ」

アレクシアが考えた当初の案になかなか納得しなかったステラだったが、アレクシアも彼女の案に最後まで反対し続けた。

誰が好き好んで、大切な人が危険な目にあう可能性がある策に頷くだろうか。

ステラは星のような美しい瞳を細めた。アレクシアが自分を思って反対していたことは分かっていたし、それでも自分のやりたいようにさせてくれたことに感謝していた。ステラはアレクシアの肩口に額を預けて言った。

「……じきに終わる命です。ならば、悔いのないようにしたいんです。あんな人達でも親ですから、本当は仲直りできたなら良かったんですけどね」

今にも消えそうなか細い声でそう言うと、ステラは意識を手放した。

六日目

「あー。くそっ」

保健室に響いた怒りに満ちた声。

フレディはチッと舌打ちをし、乱暴に前髪を掻く。

その視線の先にはベッドに横になり、眠るステラの姿がある。

昨日の一件以来、ステラは眠ったままだ。

フレディには信念がある。それは、未来ある少年少女を救うこと。

けれど、救えたはずのステラの命を救えないことが悔しくて仕方なかった。

「フレディさん」

「お、アレクシア」

「ステラの様子はどうだ？」

「正直言ってかなり深刻だな」

フレディの言葉に、アレクシアの拳に力が籠もる。

ステラの考えた作戦を許可してしまったことを悔いているのだろう。

「言っとくが、アレクシアのせいじゃねぇぞ。どのみち、限界が近かったんだ。本人もそれを分かっていて選択した。むしろ意志を尊重してくれたことに感謝してると思うぞ。取りあえず今は、やるべきことをやるんだ。絶対に裁判に勝つために徹底的にだ。それがステラさんの望みなんだからな」

「……ああ！」

「よし！　いい返事だ」

フレディは満足げに笑うと、アレクシアの頭を豪快に撫でた。

ステラが病を患っていたことを証明することができれば、伯爵と夫人を追いこむことができる。

そしてもう一つ、伯爵夫妻を追い詰める決定的なものが手に入った。

伯爵夫妻が所持していた毒。

クラリアル王国は、医療機関以外での毒物の所持を禁じている。貴族といえど、その売買に介入することは許されていない。

それにもかかわらず、伯爵と夫人はどこから毒を取り寄せたのか、所持していた。

二人がどのようにして毒を手にしたのかが分かれば、伯爵と夫人の有罪を証明する決定的証拠となるだろう。

「毒は裏市場とかで売りに出されてるっていう話だしなぁ～。代理人に頼んで取り寄せたってのもあるか」

「一番厄介なのは、伯爵夫妻が誰かを経由して、裏市場に代理人を出入りさせていた場合だ。遡るのが相当難しくなる」

拘束された伯爵夫妻は、無実を主張し続けているという。

どうやら最後までしらを切るつもりでいるらしい。

そして「娘は無事なのか」「娘に会わせてくれ」と涙を流しているらしい。

長期戦になる可能性を考え、アレクシアが肩を竦《すく》めた時だった。

「……わ、私なんです。毒を渡したのは」

フレディの手伝いのために同席していたステラの主治医が、か細い声でそう言った。

主治医の言葉にアレクシアとフレディは目を合わせる。

「……ようやく打ち明けてくれましたね」

アレクシアの言葉に、主治医は目を限界まで見開いた後、膝から崩れ落ちた。

「気づいて、いらっしゃったんですね」

「確証はありませんでした。ただ、一番容易に入手できるルートだと思っていました。よろしければお話を聞かせていただけますか？」

アレクシアの言葉に主治医は頷く。

それから彼は事の経緯を話しはじめた。

一昨日、主治医のもとに突然武装した男達がやってきた。彼らは主治医に毒を渡すようにと命じ、妻子や病院の従業員を人質に脅した。そこで仕方なく毒を渡したという。男達はカルテを次々に破り捨て、ステラのものもそうした。それ以降、ずっと見張られていたのだという。

しかし、昨日の夜、依頼主が捕まったといって男達は去っていったそうだ。

「そうだったんですね……。話してくださり、ありがとうございます」

「もっと早く話せば良かったと後悔しています。しかし、私が渡した毒のせいでステラ様を危険な目にあわせてしまった。そう考えただけで体が震えて……。どんな処罰でも受ける覚悟です」

主治医は弱々しく言った。

その様子にアレクシアは戸惑ってしまう。

命を脅かされ、嫌々毒を渡した。

けれどそれによって自分が担当した患者を危険な目にあわせてしまったことに変わりはない。だからこそ、主治医は自分を責め、悔やんでいるのだ。

アレクシアはどんな言葉をかけていいのか分からなくなってしまった。

沈黙が続く中、その沈黙を打ち破ったのはフレディだった。

「主治医さんよぉ～。取りあえず、今は力を貸してくれねぇか？　あんたの力が必要なんでね」

「わ、私にできることがあれば」

「おう。じゃあ早速、いいか？」

「では二人は引き続きよろしくお願いします。俺はその武装した男達について情報収集してきます」

「了解～」

アレクシアはイバラを伴って保健室を出た。

フレディはこれまでのステラの容態、経過の内容、処方していた薬などの話を聞き、まとめていった。

そして三時間が経った頃、ついにそれは完成した。

「すごい！　まさかここまで正確にまとめ上げるなんて……！」

「そりゃあねぇ。だって俺っち、専門だし」

「この病の……ですか？」

「そうそう。昔、まぁ……この病に侵されて弟が亡くなってな。当時はなにも解明されてなくて、ただ俺っちは苦しみに藻掻く弟になにもしてやれなかった。だから医者になるって決めた。もう、幼い命が失われないように……ってな。そしてこの病についての研究も始めた。ま、俺っちの話なんてどうでもいいっしょっ！　裁判まで残り一日を切ったんだ。徹底的にやるぞ」

「っ！　は、はい……！　私にできることがあればなんでも協力いたします！」

そう言って意を決した様子の主治医に満足げに笑うと、フレディは次の仕事に取りかかった。

◇□◇

シーンと静まり返る保健室。

そんな静寂を打ち破ったのは、短い針が七を指した時に訪れた三人の訪問者だった。

「開いてるぜ～……ってルイくんと侍女さん。それにアレクシアじゃねぇか！　そっちはもう片付いたのか？」

「目途が立ったので、残りはイバラに任せてきたよ。もう大丈夫だ」

アレクシアは心配そうにルイを見つめながら言った。

どうやらルイがステラのお見舞いに来ることを知って、心配で戻ってきたらしい。

「……あの。今、大丈夫ですか？」

「構わねぇよ、ルイくん。ステラさんは奥の部屋で眠ってる」

ルイは一目散にステラのもとへと向かった。

しばらく踏みとどまったがそのカーテンを恐る恐る開けた。

「……ねぇ、さま」

今にも消えそうなか細い声が保健室に響く。

ルイは昨晩の出来事を先程聞かされたばかりだ。

ベッドで眠るステラを見て、ルイは膝から崩れ落ちる。ミナが慌てて駆け寄り、優しくその体を抱きしめた。

「嫌だ……嫌だよ、姉様。目を覚ましてよ。僕、まだ姉様と一緒にいたいよ。僕を置いていかないで……！」

こらえていたのだろう。ルイの瞳から大粒の涙が次々にこぼれる。

アレクシアはその様子を見て、胸が痛んだ。

二人は、とても仲の良い姉弟である。両親のことがあり、たった二人の姉弟の結びつきはとても強かった。

ステラを亡くせば、ルイの心には計り知れないほどの大きな傷ができるだろう。

空へと昇る側は、足を止め、生涯の幕を降ろすことしかできない。

残される側は故人を偲び、前に進むことしかできない。

もう同じ位置に立ち、共に前進することはできないのだ。

そんな未来をステラはもうじき迎える。

アレクシアの中で、ステラとルイの二人の泣き顔が重なった。

「……ルイ。ステラの手を握ってやってくれないか？」

「手を？」

「あぁ。きっとステラの力になる」

「僕が姉様の力になれるんですか？」

不安そうにルイはアレクシアを見上げた。

ずっと傍にいることしかできなかった自分が、ステラに対してなにができるのだろう。そう思うルイの肩になにかが触れた。それはアレクシアの手だった。

「なれるさ。気づいていないかもしれないけど、ステラの心の支えになっていたのはルイなんだから」

アレクシアの言葉と眼差しに、ルイは大きく頷いてみせた。

正直、自分がステラの心の支えになっていたなんて実感はルイにはなかった。

けれど、アレクシアが嘘を吐くはずがない。

そんなアレクシアへの信頼から、ルイは手を伸ばしてステラの手を握り、願った。

――どうか、目を覚まして……

そんなルイを優しく見つめながら、アレクシアは強くステラのことを想っていた。

◇□◇

「ねぇ、クラウス。お花、見ちゃ駄目なの？」

公爵邸の別邸で、ヒナが頬を膨《ふく》らませていた。

ご機嫌ななめな様子に、クラウスは宥めるように言う。

「ステラと約束したんだ。花が咲いたら一番最初に見せるって。だからまだ駄目だ」

「なーに頑《かたく》なに約束守ってるのよ……。本当に私のことを一番に愛してるの？」

「愛してるよ！　ただこれだけは守らないとって、なんでか思うんだよなぁ」

「ふーん」

ヒナはつまらない、そう言いたげにぶっきらぼうに返事をした。

クラウスの思考がステラ一色に染まっていることがヒナは許せなかったし、気に食わなかった。

自分を一番に優先してほしい。強い強い独占欲がヒナの中で蠢いていた。

「クラウス様！　いらっしゃいますか!?」

「ヒナ、隠れていてくれ」

「……うん」

ヒナは念のため奥の部屋の物陰に隠れ、息を潜める。

それを確認した後、クラウスは扉を開けた。

「一体なんだ、騒がしいぞ」

「し、失礼いたしました……！　ですが、大変なんです！」

扉を開けると、そこには顔を真っ青にして息を切らした従者の姿があった。

「リーリエント伯爵と夫人が昨日の晩、王城の騎士達に身柄を確保され、今日お二人の裁判が王城で行われるとのことです……！」

「は!?　一体お二人がなにをしたと言うんだ？」

「それはまだ分かりません。旦那様と奥様が、クラウス様も裁判に証人として出席するようにと仰っています」

「そうか、分かった。少し待っていてくれ」

クラウスはそう言うと部屋へと戻る。

そして、物陰に隠れていたヒナのもとへと駆け寄った。

「少し城へ行ってくる。だから今日は帰るんだ」

「……その用事、私よりも大事なの？」

「どっちも同じくらい大事だ。だがな、ヒナ。俺はこの家の嫡男だ。そしてリーリエント伯爵家とも強い繋がりがある。お二人の裁判となれば出席しないわけにはいかない。だから機嫌を直してくれ。また明日会おう。気をつけて帰るんだぞ」

そして部屋を後にしたクラウス。

そんなクラウスにムッと頬を膨《ふく》らませた後、渋々と別邸の裏口から出ていった。

◇□◇

そしてついに裁判を迎えた。

突然決まった裁判にもかかわらず、多くの者が傍聴しに来ていた。それほどまでに注目度の高い……スキャンダラスな裁判なのだ。

「被告人、前へ」

裁判官の言葉と共に姿を現した二人。

その姿はひどくやつれていた。

「被告人には二つの容疑がある。一つは被告人の子どもに対する悪逆非道の行いの数々。そしてもう一つは長女ステラ・リリーエントに対する殺人未遂である」

裁判官の言葉にザワつく傍聴者達。

その騒ぎを打ち消すように声を上げたのは伯爵だった。

「無罪だ！　自分の子どもにそんな行いをするはずがないだろう！」

彼らはとことん反発することにしていた。

ら二人共反省の意などこれっぽちもない。むしろ、罪が少しでも軽くなるように嘘を吐きとおすつもりだった。

「……無罪を主張するか。では、原告側から提出された証拠を確認しよう。一体これらはなんだろうか」

裁判官は一枚の紙を取り出し、それを読み上げた。

それは伯爵と夫人が数日前に人に命じて処分させたはずの、ステラの病の診断結果や処方箋だった。

傍聴者の声は一際大きくなった。

伯爵と夫人は目を限界まで見開き、言葉を失った。

「これらを見るとステラ・リーリエントは病を患っているということになる。そしてそれはステラ・リーリエントと婚約を交わしていたアデリック公爵家にも知らされていなかった。間違いないか？」

裁判官は、証人として出席しているアデリック公爵――クラウスの父親に尋ねた。

そんな公爵の隣にはあぜんとするクラウスの姿があった。

「ステラが、病気？　一体どういう……」

「婚約者にも伝えていなかったとは。これは一体どういう理由か、説明を求める」

「そ、それはステラが望んだからです！」

「ふむ。だが、それは違うとの意見がありそうだぞ」

裁判官が次に視線を向けたのはルイ達のほうだった。

「……私はステラ様の侍女を務めさせていただいています、ミナと申します。私の侍女としての仕事の中には、ステラ様の監視も含まれていました。すべてはステラ様が病について公言しないようにするためです。ステラ様は言動をすべて、伯爵と夫人によって縛られていたのです」

証言の途中だったが、こらえられないというように夫人が声を上げた。

「そんなデタラメをっ！　証拠はあるの⁉」

「それはありません。なぜなら私が報告していた書類は、すべて貴方がたに処分されてしまったからです」

伯爵と夫人を拘束後、もっと多くの手がかりを得るために屋敷内を捜索した。

しかし、すでに資料等は処分されてしまっていたのだ。

「なんだ、証拠もないのか。それにもかかわらず私達にそんな罪を着せようとしたのか⁉」

「本当に有り得ない、人の心がないんじゃないの！　私達はステラが自殺を図ったことが辛くて仕方ないのに……！　あの子が追いこまれていたことに気づけなかったことを、私達は悔いているのよ！」

ステラが自殺を図った。

その言葉に、クラウスは愕然とする。

「自殺……ステラが？」

頭がパンクしそうだった。

けれども、これだけでは終わらない。

次々と新たな情報がクラウスの頭へと飛びこんでくる。

「ステラ・リーリエントは自ら毒を飲み、自殺を図った。二人はそう主張するのだな」

「えぇ、そうです！　あの子は私達の目の前で……。私は親失格です！　大切な娘の悩みに気づくことができなかったなんて！　自殺を図るほどにあの子は追いこまれていたんです！」

夫人はその場に崩れ落ちる。涙を流し、声を殺して夫人は泣いた。

なにも知らなければ、難病に脅かされる娘を救えなかったと後悔している心優しい母親の姿に見えるだろう。

しかし、偽りだらけの証言と行動にアレクシアは怒りを覚えていた。

ステラは自殺など図っていない。毒を飲ませようとしたという罪を隠すために、伯爵と夫人は虚言を吐いているのだ。

どこまでも自分達のことしか考えていない二人に嫌悪感を抱く。

「……それは真っ赤な嘘です！」

だから、そうアレクシアは断言した。

第二王子の介入に、傍聴していた者達がザワついた。

伯爵と夫人はまさかアレクシア本人が口を挟むとは思っていなかったのか、嘘泣きをやめてあんぐりと口を開けている。

アレクシアがミナに目配せをする。ミナは頷き、言葉を紡いだ。

「御報告をさせていただきます。ステラ・リーリエント様は現在、意識不明の重体です。原因は十二の時に発症した病。そしてステラ様は……まもなく最期を迎えられます」

ミナの言葉にその場が一気に静まり返った。

あまりにも信じられない。

受け入れられない。

困惑する人々。

中には泣き出してしまう人もいた。

「……ステラが、意識不明の、重体？　まもなく最期を迎える……？」

そしてそれは、クラウスも同様だった。

瞬きも忘れ、クラウスはただひどく動揺していた。

「そもそもステラ様は毒など飲んでいません。しかし、毒を飲まされそうにはなりました。貴方がたによって」

「そ、そんなのデタラメだっ！　だ、第一！　私達がステラに毒を飲ませようとする理由がないだろうっ!!」

「健康でない子どもを婚約させることは、貴族社会ではあまり良しとはされていませんからね。しかし、せっかく決まっているクラウス・アデリックの結婚。どうしてもこの機会を逃したくなかった貴方がたは、ステラの言動を制限した。そして昨日、ステラの命が残り少ないことを知った。病を患っている子どもを嫁がせようとしていたという事実が公になることを恐れた貴方がたは、ステラの自殺ということで片付けようとした。……違いますか？」

「と、とんだ作り話ね」

「あぁ、本当にもし、それが事実だと言うのであれば、なにか証拠はあるんだろうな？」

「あるぜ。証拠なら」

フレディは自分がステラの医師であると名乗って、口を挟んだ。

いつものおチャラけた言動はどこへやら、真剣な眼差しで続けた。

「これが証拠の品だ」

フレディが見せたのは小瓶だった。中には液体が満ちている。

「この中には毒が入っている。リリーエント伯爵家で昨日見つかったものだ。さっきアレクシア殿下が仰っていた通り、ステラさんはそもそも毒なんか飲んじゃいねぇんだよ。ステラさんが常用していたのは、麻薬を用いた鎮痛剤。その効果には異物の溶解もあるんだよ。親のくせにそんなことも知らなかったのか？　なーにが大切な子どもだよ」

「な、なにが言いたい……」

「ステラさんはとても賢い人だ、薬の効果や副作用を理解していないとは思えない。つまりだ……自殺をするとしても毒は選ばねぇんだよ。鎮痛剤が毒を中和しちまうからな」

フレディはそれはもう黒い笑顔を見せる。

逃さないとでも言うように、続けた。

「これで分かったか？　毒で自殺なんて馬鹿なことを思いつくのは、鎮痛剤の効果を知らない、ステラさんの病状に興味がない奴だ。そして、クラリアル王国では毒の所有は医療機関以外禁止されている。それにもかかわらず、毒を所持していた」

「……‼」

「入れ！」

アレクシアの声と同時に扉が開いた。

傍聴者の視線が一気に扉に集まる。

「さぁ、入れ」

「くそ……！」

入ってきたのはアレクシアの護衛騎士達と、厳つい容姿をした明らかにガラの悪い三人の男達だった。

「お、間に合ったみてぇだな」

フレディがニヤリと笑う。

そしてその男達を見て、伯爵と夫人の様子が明らかに変わった。嘘泣きしながらも自信が見え隠れしていた彼らの表情は、焦りと不安に満ちた顔になった。

「彼らのこと、ご存じですよね？」

「っ……！」

伯爵と夫人は言葉に詰まった様子だった。

「……自身が不利になると口を閉じる。本当に困った罪人達だ」

アレクシアはそう冷たい声色で吐き捨てると、男達のもとへと寄った。

「お前達を雇ったのはあの二人で間違いないか？」

「あぁ、そうだよ。地図に記された病院から毒を取ってこいと指示された。誰に使うかまでは知らないが……邪魔な存在がいると言っていたな。それと、診療記録を処分してくるように言われた。必ず処分するように言われたのは、ステラ・リーリエントという患者の記録だった。証拠もあるぜ」

男の言葉を受け、騎士の一人が二枚の紙を伯爵達に見せた。

その紙は契約書と、病院の間取り図だった。

そして契約書にはハッキリとリーリエント伯爵のサインが書き記されていた。

「それは処分するようにとあれほど……あ!!」

「馬鹿、お前っ！」

戸惑った夫人が思わずこぼした言葉。夫人はしまった、と口を押さえるがもう遅い。

アレクシアはギロリと二人を睨《にら》みつけた。

「それで、まだ容疑を否認しますか？」

アレクシアの言葉に、伯爵と夫人は顔を伏せた。

そこで裁判官の声が響き渡った。

「自身の子に対する暴虐の数々、そして殺人未遂。これらすべてを認めるか」

……二人はゆっくりと頷いた。もう勝ち目がないと分かったのだろう。

いや、そもそも最初から勝ち目などなかったのだと、二人は気がついた。

そこで裁判官の声が響き渡った。

「判決を言い渡すっ！　リーエント伯爵と伯爵夫人を終身刑に処する。理由、リーエント伯爵と伯爵夫人は、医療機関以外禁止されている毒を所持していた。さらにその毒は病院から窃盗したものであった。そして、以前より自身の子ステラ・リリーエントを害し、未遂に終わったものの毒を飲むよう強要して殺害を試みた。それはリーエント伯爵と伯爵夫人も認めるところだ。これらの行いは、到底許されるものではない！」

裁判官の判決が下された後、伯爵はアレクシアの傍にいたルイを見つけてギロリと睨《にら》みつけた。

そして、伯爵はルイのほうへと足を向けた。

ビクリとルイの肩が揺れる。

アレクシアがルイを引き寄せたのと同時に、騎士達は伯爵の身柄を拘束した。

鍛え抜かれた肉体を持つ騎士三人がかりで押さえこまれてしまえば、いくら身を捩り抵抗をしても無意味だった。

伯爵は床に引き倒された状態で声を荒らげた。

「こんなことになるのなら早く殺すべきだった！　きっと面白いものが見られただろうに！　そうだ、ルイ！　お前がいたからステラが苦しんでいるんだぞ！　お前という枷があったから、ステラは多くのものを背負うことになって苦しんだんだ！」

「それって……どういう」

「ルイ。耳を貸すな！　早く二人を連れていけ！」

アレクシアの言葉に騎士達が頷く。

しかし、自棄になった伯爵は止まらない。

ルイの心をズタズタに切り裂いていく。

「あいつが誰にも病について話さなかった理由、それはお前だ！　病について話せば、お前を殺すとステラを脅していたんだ！　はっはははははは！」

伯爵の高笑いがこだまする。

――それは本当なの？　だとしたら僕の存在が姉様を苦しめていたんだ。

――お荷物？　枷？　僕がいなければ、姉様は……

「……本当にこりない人達ね」

その時、凛とした美しい声が響いた。

「……ねえ、さま？」

姿を現したのはステラだった。

ステラの登場にその場は騒然とした。意識不明の重体と言われていたからだ。

しかし、皆の目に映っているのは確かにステラなのだ。

「おいおいまじか……。奇跡でも起きたのか？」

思わずフレディはそう呟いてしまった。

ステラの容態はとにかく危ないものだった。

意識が回復しないまま、亡くなる可能性が高かった。

しかし、実際はどうだろう。

意識が回復しているどころか自身の足で歩き、言葉を発しているではないか。

ステラはルイのもとに近寄ると、優しくその頭を撫でた。

「遅くなってしまってごめんなさい」

「そ、それよりも大丈夫なの⁉」

「はい。なぜか分かりませんがピンピンしています」

そう言って笑うステラから、思わずルイは目を逸らす。

今、ルイにはどうしてもステラの顔を直視することができなかった。

大好きで、かっこよくて、心から尊敬する姉。

けれど、そんな姉を苦しめてきたのは自分なのだ。

……本当は、良かったと。また話せて嬉しい、と抱きつきたい気持ちでいっぱいだった。

「ルイ」とその優しい声で名前を呼んでほしかったし、頭も撫でてもらいたかった。

けれど、自分にそんな資格があるのかと、ルイは尻ごみしていた。

そんなルイに気づいたのだろう。ステラは言葉を紡ぐ。

「……ルイ。私は貴方の存在が枷だなんて考えたことはありませんよ。だって貴方は私にとって生きる希望なんですから」

「……希望？」

「はい。本当は貴方に弱いところを見せたくなかったんですけどね。ずっとかっこいい姉でい続けたかったので。実は、治療が終わってから、ずっと不安だったんです。いつ死ぬかも分からないし、一体なにを希望に生きていけばいいのか分からなくなって、正直……諦めていたんです。この人生を」

ステラの口から発せられる話は、ルイにとってあまりにも信じがたかった。

なにせ、ルイの知るステラはいつも前を向いていて、弱音なんてまったく吐かない。できない、と決めつける前に行動を起こし、可能にしていく。そんな人なのだ。

「……けどね。アレクシア殿下が言ってくれたんです。立ち止まって一旦整理することも大切だと。そうすれば視野が広がって、本当に大切なものに気づくことができる。……そして気づいたんです。貴方の存在が私にとって何よりもの希望だと。守るべき貴方がいるから、私は今日まで頑張ってこられたんです。貴方がこれから築き上げていくであろう未来を、私は見届けることができない。だからこそ、貴方が毎日成長する姿を見られるのが、本当に嬉しかった」

「……っ！　ねぇ……さ、ま！」

ルイは勢いよくステラに飛びついた。

二人は強く抱きしめ合い、涙を流す。

「いっぱいいっぱい一人で抱えこませて、苦しませてしまってごめんなさいっ！　なにもしてあげられなくてごめんなさいっ！　今まで……僕を守ってくれてありがとう。姉様はやっぱりかっこよくて、僕の憧れの人だよ……」

嗚咽を漏らしながらも、思いを告げるルイ。

そんなルイの思いに答えるように、ステラは頷きながら何度も「ごめんね」「ありがとう」「愛してる」と告げていく。

美しき姉弟の愛と絆の深さに、周囲の人間達は涙を流す。

そして……ようやく思いが通じ合った二人を見て、アレクシアは笑みを浮かべた。

◇□◇

「……終わったな」

「だな」

誰もいなくなった空っぽの会場を見つめて、アレクシアとフレディは言う。

その声には、大きな山を越えたことへの安堵が込められていた。

「フレディさん。戻ってステラの様子を診てもらってもいいか？」

「もちろん。ピンピンしてたが、あれは本当に奇跡だぜ。いつ容態が悪化してもおかしくねぇしな。あと、調べ物したいんだけど、イバラ借りてもいいか？」

「分かった。けど、彼も連日証拠捜しと情報収集で疲弊してるから、お手柔らかにお願いするよ」

「へいへい。分かってるよ～」

フレディはそう言うと、その場を去った。

会場を出たアレクシアは、すぐ外に立っていたクラウスへと視線を向ける。

ビクリとクラウスの肩が激しく揺れた。

「取りあえず、場所を変えようか」

アレクシアの提案にクラウスは頷いた。

そうして二人が入ったのは、ステラのいる保健室の向かいにある部屋だった。

アレクシアはどうしてもステラにクラウスを近づけたくなった。

クラウスはそんなアレクシアの意図に気づくことなく、彼の後ろをついてきたのだ。

まさか今自身がいる目の前の部屋にステラがいるなど思いもしないだろう。

「アレクシア殿下。ステラは今どこにいるんですか？　本当に信じられないことばかりで頭が混乱していて……」

弱々しい声に、真っ青な顔色。

不安と恐怖に満ちたようなクラウスに、アレクシアはためらうことなく現実を突きつける。

「裁判の時に話した通りだ。ステラは病にずっと苦しんでいた」

「病って……そんなこと、ステラは一言も……」

「伯爵が言っていただろ？　ルイが人質にとられていたんだ。クラウス。お前なら分かるだろう？　ステラにとってどれだけルイが大切な存在か」

クラウスは、確かに二人は仲の良い姉弟だったと思い起こしていた。

ステラが公爵家に遊びに来る時、ルイを連れてやってくることも多かった。

二人でいる時、ステラがルイの話をよくしていたことも覚えている。

……そしてそんなルイに少し対抗心を燃やしていたことも。

「なぁ、クラウス。なぜお前は今、俺を待っていたんだ？」

「そ、それは……」

クラウスは口ごもる。

そしてアレクシアの様子を窺《うかが》うように恐る恐る顔を見つめた。

なにをためらってかなかなか口を割らないクラウスに痺れを切らし、アレクシアは言葉を紡いだ。

「クラウス。ステラがもう少しで亡くなると知ってどう思った？」

「それはもちろん、驚きましたし、なにより悲しかったです…。だって俺は……その、一昨日」

「ステラと会っていた……か？」

アレクシアの言葉にクラウスは目を限界まで見開いた。

なぜアレクシアがステラと会っていたことを知っているのか、クラウスは不思議だった。

一度そう思ってしまえば、なぜ裁判でアレクシアがステラ側についていたのか、彼がステラとの関係をどこまで知っているのか、どんどん疑問が湧き上がってきた。

まさか、ヒナと浮気していることまで知っているのではないか、そこまで考えついたクラウスの顔に冷や汗が伝う。

ステラの病について知った時、クラウスを襲ったのは大きな罪悪感だった。

湖に行った時、ステラが話していたことが脳裏をよぎる。

『今日、ここでお話しすることができてとても嬉しかったです。良い思い出をありがとうございます！』

大袈裟すぎると、クラウスは思った。

しかし、ステラがなぜあんな大袈裟にお礼を告げてきたのか、今なら分かる。

自分に残された時間が残りわずかだと分かっていたからなのだ。

次にクラウスを襲ってきたのは、自分の浮気がステラを苦しめていたのではないか、伯爵達のように、自分も罰せられるのではないかという恐怖だった。

「ア、アレクシア殿下、俺は一切悪くありませんよね……？」

「……は？」

「ステラが苦しんでいたのは病のせいであって俺に責任はありませんよね⁉　だって俺はステラの病をまったく知らなかったわけで……俺は一切無関係だ！　罰せられたりとかは……」

「ふざけるなよ！」

いつも温厚なアレクシアが珍しく怒りを表した。

「クラウス、ステラの命が残りわずかだと知って、出てくる言葉がそれなのか⁉　俺はお前を軽蔑する。ステラが一体どんな思いで、残りの一週間をお前と一緒に過ごしたいと言ったと思ってる？　なぜお前は約束の一週間、ステラの傍にいてやらなかったんだ？　なぜ！　パーティーに来なかったんだ!!　お前と踊れることをステラがどれだけ楽しみにしていたと思う？」

クラウスに八つ当たりしたところで無意味だと、アレクシアは痛いほど分かっていた。

しかし、当たらずにはいられなかった。

事実を知ったクラウスが、少しでも言動を改めることを期待していた。

深く悲しみ、自分の行いを反省を見せてくれたら、それだけでアレクシアは良かったのだ。

「ステラはずっとお前を愛していたんだぞ。だから、三年間の療養生活を頑張ったんだ。すべてはお前の隣にもう一度立つために……。なのにお前は、平民の女性と平気で浮気し、遊び呆けていた。それに対する反省はないのか？　ステラが、自分の婚約者がもうすぐ亡くなるというのに自分の擁護が先なのか？」

思わず胸ぐらを掴んでしまいそうになるのをグッとこらえ、アレクシアは言う。

アレクシアの怒りにさらされて、クラウスは自分が劣勢だと分かっていながらも感情のままに言い返した。

「そんなこと、今更聞かされても知りませんっ！　俺だって辛かったんだ！　そんな時に出会ったヒナは、俺を救ってくれた女神様なんです！　それに、自分の擁護をしてなにが悪いんですか!?　だって本当に俺はステラの死には無関係だ！　なのに、あいつが残りの時間を俺と過ごしたいなんて勝手に望んで、勝手に行動した！　ステラが勝手にやったことなのに、俺は一切悪くないのに。なんで俺がこんな罪悪感に苛まれなければいけないんですかっ！」

クラウスの手がアレクシアの胸ぐらへと伸びた。そして勢いよく、アレクシアを壁に押しつける。

背中に鈍い痛みが走り、アレクシアは表情を強ばらせた。

「……あー、そうか。アレクシア殿下はステラが好きなんでしたっけ？」

クラウスの問いに、アレクシアの目が見開かれた。

その反応にクラウスは笑みを浮かべる。

「可哀想な人だ。振り向いてもらえずに……」

「……放せ。これ以上は友……いや、公爵家の嫡男であるお前でも容赦はしない。立場を弁えろ」

「なんです？　逃げるんですか？」

「馬鹿を言うな。その逆だよ」

アレクシアはクラウスの腕を振りほどく。

「確かに……俺はステラが好きだ。愛している。だが、彼女の視線の先にはいつもお前がいた。俺は、お前と一緒にいる時の幸せそうなステラがなによりも好きだった。だから俺は、お前達の幸せを見届けるつもりでいたんだ」

アレクシアは瞳を伏せる。

蘇ってくるステラとの思い出の数々。

初めての出会いは六つ離れた第一王子主催のお茶会だった。

第二王子として出席したが、同年代の子が少ないそのお茶会は退屈で、つまらなくて仕方なかった。

しかし、運命の人というのは突然現れるものだった。

『初めまして。少しお時間よろしいですか？』

そう言って微笑みながら声をかけてきてくれた少女、ステラにアレクシアはすぐに心を奪われてしまったのだ。

「クラウス。俺は逃げないよ。むしろ立ち向かってるんだ。ステラは亡くなってしまうけど、俺がステラに抱く想いが変わることはない。絶対に」

「なんです？　物語のヒーロー気取りですか？」

「どう受け取ってもらっても構わないが。クラウス。これだけは忠告しておく。そう簡単に思い通りにならないのが現実だぞ」

「……なにが言いたいんですか？」

「取りあえず、もう家に帰れ。近いうちに……俺が話した意味が分かるはずだ」

「分かりました。それでは今日はこれで失礼します、アレクシア殿下」

クラウスは一礼すると部屋を後にした。

アレクシアは椅子に腰を下ろし、脱力する。

そして苦笑を浮かべ、呟いた。

「ヒーロー気取りか……」

その声は静寂の中へと溶けていった。

七日目

◇午前

早朝。ステラはやけに早く目が覚めた。

体は……まったく痛くない。

こんなにいい目覚めは、いつぶりだろうか。

「おはようございます、ステラ様」

「おはようございます、ミナ」

「よく眠れましたか？　いつもとは違う環境ですので、落ち着かなかったんじゃないですか？」

「そうですね……。こんなに立派なお部屋を貸していただいて、確かにソワソワしてしまいました。けど、ベッドはフカフカで気持ち良くて、ぐっすり眠ることができました」

伯爵邸は損壊してしまっているし、なにより今の状態で屋敷には帰せないというフレディの判断により、ステラは王城に泊まることになったのだ。

ミナがカーテンを開けると、眩い日差しが部屋に差しこむ。

雲一つない美しい青空を見つめ、ステラは思った。

――私、無事最後の日を迎えられたんですね。

正直、余命の一週間ももたずに死んでしまうのではないか、という不安がなかったと言えば嘘になる。

けれど、実際はこうして最後の日を迎えられている。ステラにはそれが嬉しくて堪らなかった。

「ミナ。今日も支度、手伝ってくれますか？」

「はい。もちろんです」

今日が最後の日になるかもしれないと理解はしていたが、至っていつも通りに二人は会話する。

しかし、最後だからとしんみりするのは嫌だった。

どうせなら最後まで楽しく笑って過ごしたいとステラは思っていた。

そしてそんなステラの思いを汲《く》み取って、ミナはその望みを叶えることにした。

「……ステラ様」

「なんですか？」

ミナはステラの髪をとかす手を止める。

いつも通りに過ごすことをステラが望んでいるから、ミナはそれを実行するだけだった。

でも、本当にそれでいいのだろうかと、ミナは引っかかりを覚えた。

『ありゃ、拒否？　……まぁ、いいや。けど、これだけは忘れんな。確かに意思の尊重は大切だ。けどな、本当にそれが本心なのか見極めてやるのも大切だと思うぜ？　そして本当の思いを引き出せるように促す。特にステラさんみたいな人にはこれが必要だ。侍女さんが一番よく知ってるんじゃねぇか？』

フレディに言われた言葉がミナの頭の中にこだまする。

……ブラシを握る手に自然と力が籠もった。

「ミナ？」

突然手を止めたミナを不思議に思ったステラが、心配そうに尋ねる。

顔を覗きこまれ、星のような瞳と目が合うと、ミナはたじろいだ。

『まぁ、なんだ。その判断か本当に正しいのかしっかり考えて、後悔のないようにしろよ』

後悔がないように……

――そんなのこのままじゃ絶対にあるに決まっている！

「ステラ！」

「な、なに!?」

突然幼い頃のように名前を呼び捨てにされ、ステラはビクリと肩を震わせる。

一体どうしたのだろうと続く言葉を待っていると、ミナは意を決したように口を開いた。

「もっと、素直になってもいいいんだよっ！」

「……え」

「我儘だって言っていい！　自分を隠す必要もない！　ステラは……本当はどうしたいの？」

ステラの手を包みこむように、ミナが手を握る。

ミナの言葉に、ステラの瞳が揺れた。

「私は……」

しばらく沈黙が続いた後、ゆっくりとステラが鏡に向き直る。

そして鏡に映る自分を見つめ、呟いた。

「……髪を短くすることもなかったわ」

「え？」

「ほら。どうしても髪が長いほうが女性らしいからと、髪を伸ばすように言われていたでしょう？

でも実は、短くしてみたかったの」

両親の言いつけで伸ばしてきた髪。

短く切ったことは一度もなかった。

「……その、似合う、かな？」

自信がないのか、その声は不安げだ。

少し潤んだ瞳で上目遣いに尋ねるステラに、ミナは前のめりになって答えた。

「絶対に似合う……！　ステラに似合わないわけないじゃない！」

「そうかな？　ミナが言ってくれているんだものね。うん」

ステラの本音を引き出せたこと。

そして、また友達として過ごした昔のように話せたことが、ミナは嬉しかった。

「……やっぱりね。とても似合ってる！」

気恥ずかしいのか、ほんのりと頬を赤く染めるステラ。

長い髪は、肩までの長さで整えられていた。

「見慣れないから変な感じだなぁ。ほ、本当に変じゃない？」

「変じゃない！　すごく可愛い！」

「そ、それもそれで恥ずかしいわ」

あまりにミナが絶賛するので、ステラはいっそう顔を赤くした。

「私だけが独り占めするのは悪いし、早く皆に見せに行こうよ」

「……え!?」

「そもそも髪を切ることを選んだ時点で、なにか考えることがあったんじゃないの？」

図星だったステラは口を閉じる。

やっぱりか、と思うと同時にミナは喜んでいた。

ようやくステラが自分の思いに素直になろうとしているのだ。

それからステラは意を決したように、口を開いた。

……その言葉に目を見開いたミナは、すぐに優しく微笑んだ。


「ステラさーん。診察のお時間ですよーって。うわぁ!!」

しばらくしてフレディが顔を出した。

そしてステラを見るなり、情けない声を出し、飛び退いた。

「フレディ先生。そんな化け物を見たような声を上げないでください！」

「いや、ただ驚いただけですー！　まじでどうしたんですか⁉」

「フレディ先生。外まで情けない声が聞こえて……って、ね、姉様⁉」

「……ステラ？」

フレディに続いて姿を現したルイ、アレクシアもステラの姿を視界に捉えるなり、驚いた。

そんな三人の反応に、ステラは目を逸らし、毛先をいじりながら、か細い声で尋ねた。

「……変、でしょうか？」

その頬はかすかに赤く染まっている。ここまで短い髪にするのは初めてだったので、気恥ずかしさでいっぱいだった。

「変なんてそんな！　とっても似合ってますよ、姉様！」

「ルイくんの言う通り。めっちゃ似合ってると思うっす。お前もそう思うよな、アレクシア？」

「え、あ、そうだな！　えっと……短い髪もとても似合ってる。すごく可愛い」

さりげない「可愛い」という一言に、その場にいた誰もが胸をときめかせた。

言葉を向けられたステラはというと、さらに赤くなった顔を見られないようにと俯いていた。

そんなステラに気づき、ミナは声をかけた。

「どう？　ステラ。自信は持てた？」

「……う、うん。けど、やっぱり気恥ずかしい、かな」

ステラは毛先を指に絡ませた。

二人の会話を聞いたアレクシアとフレディは、ポカーンとする。

ステラが首を傾げると、フレディが尋ねた。

「あれ？　ステラさんって敬語口調じゃありませんでしたっけ？」

「あ、フレディ先生は知らないんだっけ。姉様は確かに基本敬語だけど、本来は違うんですよ」

「え、そうなの⁉　アレクシアは知ってたのか⁉」

「いや……。何度か敬語以外で話しているのも聞いたことはあったけど、こうしっかりと話しているのは初めて聞いたよ」

「まぁ、アレクシアはそもそも王族だし、そりゃあ敬語で話すよな。あ、でも普段から誰に対しても敬語か！　だったら俺っちにもさ。敬語なしで話してくんね？」

突然のフレディの申し出に、その場にいた全員が目を丸くした。

一番早く反応したのはミナだった。

「……なぜそんなご提案を？　理由次第では容赦いたしませんけど？」

怪訝《けげん》そうにフレディを見つめるミナ。

心なしかフレディへの言動に棘が感じられる。

「別に他意はねぇよ……。ただ、それが本来のステラさんなんだろ？　侍女さんだけ独り占めするのずりぃじゃん？　せっかく出会えたんだ。俺っちも気軽に話すし」

フレディがニッと笑う。

フレディの底抜けの明るさと、突拍子もないところには驚かされることも多々あったが、それらに救われたのも事実である。

現にこの発言は、少なからずステラの背中を押した。

「……分かったわ。フレディ先生が言うならそうするね」

「そうこなくっちゃな～、ステラ」

満足げに笑うフレディ。そして、まるで「いいだろう～？」と言わんばかりの自慢げな笑みをアレクシアへと向けた。……完全にマウントである。

そんなフレディを見てやれやれとミナは肩を竦《すく》める。

「あの……皆！」

ステラが声を上げる。

「実は、お願いがあるの。私、最後の思い出に皆と花を植えたい。駄目……かな？」

どうやら急な願いだから叶えることは難しいかもしれないと思いつつ、それでもステラは素直に言った。

その声は緊張、もしくは不安からか、かすかに震えていた。しかしすぐに、そんな不安はなくなった。

「駄目なんかじゃないよ、ステラ。やろう。皆で」

「僕、お花を植えたことないのですごく楽しみ！」

「よし！　そうと決まれば、早速準備しなきゃだな！」

それから一時間後。扉をノックする音が部屋に響いた。

ミナが扉を開けると、そこにはアレクシアの側近イバラの姿があった。

「準備が整いましたので、報告に参りました」

「お！　いいタイミングだな。丁度診察も終わったところだ」

イバラはフレディの姿を視界に捉えるなり、ゲッと表情を歪ませた。その反応をフレディが見逃すはずもなく、勢いよくイバラに詰め寄る。バチバチと火花を散らす二人。

そんな二人を見て、アレクシアは「相変わらずフレディさんとイバラは仲が良いな」と的はずれなことを言った。

ステラはこれが仲良しなのかな、と疑問を抱く。その疑問はもっともだろう。

「忙しいところ悪かったな。でも、助かったよ。ありがとう」

「アレクシア殿下の命とあらば。急遽完成を急がせたのでどうなるかと思いましたが……なんとか間に合って安心しましたよ」

その会話を、ステラはソワソワしながら聞いていた。

まるでプレゼントを前にした子どものようだ。

期待と喜びに胸を躍《おど》らせていることが分かるその様子に、皆の表情も自然と緩んだ。

「早く行きたいわ！　フレディ先生、いいでしょ？」

「あぁ。けど、これだけは約束してくれ。絶対に無理はしない。いいな？」

「もちろん！」

許可が出たことにさらに嬉しそうにはしゃぐステラ。

花が咲き誇る瞬間を見ることはできない。

でも、見届けてくれる人達がいるのだ。

「じゃあ、行くかぁ。あ、でもその前に……アレクシアとステラ。二人にはこれを取ってきてほしいんだが、頼めるか？」

フレディはアレクシアに一枚の紙を差し出す。

アレクシアはその紙に目を通すなり、かすかに目を見開いた。

その様子に首を傾げるステラ。

なにが書いてあるか、ステラの位置からは見えないのだ。

フレディの行動とアレクシアの反応の意味に、いち早く気づいたのはミナだった。

「フレディ先生は人使いが荒いですね……。しかし、お二人でないと解決しないようなので、私達は先に参りましょうか」

「お、なんだ。侍女さん、ついに俺っちと協力してくれるんだ」

「……なんのことでしょうか」

プイッとそっぽを向くミナ。

「あ、えっと……。ゆ、ゆっくりでいいので！　待ってますね！」

ステラともっと話したかったのか、少し不満げではあるが、ルイもなにかを察したらしい。まるでエールを送るように両腕を前に出し、拳を握る。

それからルイ達はそそくさと部屋を出ていった。


部屋に取り残された二人はしばらく黙っていたが、その静寂を破ったのはステラだった。

「フレディ先生に頼まれたお使いは一体なんだったんですか？」

「あー。それは……」

アレクシアはステラの隣に椅子を置いて、腰を下ろした。

そして、ステラをジッと見つめる。

フレディから渡された紙には、短い指示がデカデカと書かれていた。

【後悔する前に動け】

ステラが突然留学した時には驚いたが、日々成長のために努力を惜しまないステラを知っていたから、急に留学することにもその期間の長さにも疑問を抱くことはなかった。アレクシアはステラの留学を心から応援したし、また会える日が訪れるのを楽しみにしていた。

しかし、留学は真っ赤な嘘だった。

生徒会室で倒れたステラに、留学ではなく結婚するまで命を保てるようにするために延命治療を受けていたと打ち明けられた時は、さらに驚いた。

ステラの両親の残酷すぎる思惑。たくさんのものを抱え、一人で戦ってきたステラの思い。すべてのことが衝撃的で、アレクシアは言葉を失った。

今思えば、留学先から戻ってきたばかりの頃のステラは虚ろな瞳で生気を感じられなかった。無理に笑い、取り繕っているという言葉が一番しっくりいった。

心配したアレクシアはステラに尋ね、なかなか口を割らなかったステラが根負けしたように一度だけ言った。

『私は、なんのために生まれてきたのでしょうか……』

まるで道に迷った子どものようだった。今にも消えてしまいそうな脆《もろ》さもあった。

ステラはそれ以上なにも言わなかったが、アレクシアは無理をしているのだと感じた。だから言ったのだ。

『別に無理をして動き出さなくてもいいんだよ。時には止まって休息をとることも大切。そして整理がついたらまた自分のペースで動き出せばいい。そうすれば自ずと視野が広がって、大切なものが見えてくるはずだよ』

自分の存在価値は他人に見出してもらうものではなく、自分で見つけるものだとアレクシアは思っていた。そして、ステラはそれができると分かっていた。

結果、アレクシアの言葉はステラを暗闇の中からすくい上げたわけだが、アレクシアは自分が与えた影響をそこまでのものとは思っていなかった。

それどころか、二人には根本的なすれ違いが起きていた。

「……ステラ、今から話すことは、君を困らせてしまう話だ。それでも聞いてくれるかな？」

「は、はい？」

アレクシアは深呼吸をすると、ゆっくりと言葉を紡いだ。

もう時間はない。

本当は、伝えるつもりなんてなかった。

ステラを困らせてしまうことが容易に想像できたからだ。

「……俺はステラのことが好きだ」

「え……」

ステラは星のような黄色い瞳を丸くした。瞬きも忘れ、アレクシアを見つめるその瞳が激しく揺れた。

「本当は告げるつもりはなかった。ステラはクラウスが好きだろ？　だから困らせてしまうと思った。けど……このまま伝えずに別れたら一生後悔すると思ったんだ」

アレクシアは苦く笑った。

何度、その美しい白い手に頬に触れたいと思っただろうか。

何度、ステラの瞳に自分だけが映ればいいと思っただろうか。

何度、ステラに愛されるクラウスに対して嫉妬しただろうか。

アレクシアは、ステラの中の自分の立ち位置は兄のようなものだと思っていた。だから、こんな感情を持っていることをステラに打ち明ける気はなかった。

困った時に手を差し伸べる存在として、気持ちを隠し通そうと決めていた。

クラウスに言われた「ヒーロー気取り】という言葉は、的を射ていた。

「困らせてごめん。でも、俺……」

「待ってくださいっ！」

拒否されることを前提としたアレクシアの言葉に、ステラは声を上げた。

ステラは顔を真っ赤に染め、恥ずかしさで小さく身体を震わせていた。歓喜と戸惑いを含んだ瞳で、アレクシアを見つめる。

「彼への恋心は、クラウスに他に愛する女性がいると知った時に枯れています。もちろん、大切に思う気持ちはありますが、もう恋ではないんです。でも、私もこのことを伝えるつもりはありませんでした。婚約者がいる、いつ死ぬかも分からない人間からの好意なんて、迷惑だと思ったんです。ずっと諦めようと思っていました。でも、アレクシア殿下はとても優しいから……」

「ステラ、それって」

「私もアレクシア殿下のことが好きです。ずっと……お慕いしておりました」

二人はお互いに臆病になって一歩を踏み出せずにいた。

まさかの展開にアレクシアは驚くも、すぐにフッと優しい笑みを浮かべる。

その笑みにさらにステラの顔が赤くなる。

なぜここまで分かりやすいのに気づかなかったのだろう。

ステラの顔にはあからさまに「好意」の文字が浮かんでいるのに。

恥ずかしいのか毛先で顔を隠すステラ。

「……は、恥ずかしいのであまり見ないでください」

「敬語」

「え……」

「敬語禁止」

「⁉」

「フレディさんは良くて俺は駄目なの？」

「そんなことは‼　た、ただ……」

「ただ？」

俯くステラの顔を覗きこめば、ステラは顔を赤くしたまま威勢よく言った。

「ア、アレクシア殿下！　まるで嫉妬していらっしゃるみたいですよ！」

「うん、そうだよ」

「へ？」

「俺は、フレディさんに嫉妬してる。ステラと仲睦まじげに話していたのも……全部に」

ステラは話を変えるために嫉妬しているみたいだと言ったが、逆効果だったらしい。

アレクシアの甘くとろけるような優しい声にステラの脳が溶かされていく。

そして同時に知ることとなったアレクシアからの大きな愛。

ステラの頭はパンク寸前だった。

「ステラ。駄目？」

コツンと当たった額。

どちらの熱かも分からない熱を感じながら、ステラは言った。

「駄目、なんかじゃ……ない」

目尻に涙をため、上目遣いで言葉を紡ぐステラの愛らしさに、アレクシアはまた笑みをこぼした。

ミルクティーベージュの髪が、彼の手によってそっと耳にかけられる。

「愛してる、ステラ」

「私も」

「シア」

「え……」

「そう呼んでほしい」

それはアレクシアの愛称だった。熱い眼差しで見つめられ、白い頬がまた赤く染まる。

「……シア。愛してる」

潤んだ瞳で告げられたその言葉に、思わずアレクシアは息をのみ、言った。

「……人間って怖いな。願いが叶うと、どんどんその先を求めてしまう」

「私も。こんな感情、初めて知ったの」

二人はどちらからともなく、指を絡ませ手を取り合った。

「すごい……！」

二人は王城の庭園に向かっていた。

アレクシアが以前より造らせていたという花壇を見て、ステラは思わず声をこぼした。

色とりどりのレンガで丸を描くように、庭園の中央に花壇が作られていた。これだけ大きな花壇に、多くの美しい花々が咲き誇る。

「お、来た。どうよ？　この立派な花壇！」

「なぜ貴方が自慢げに言うんです？」

「私もそう思います」

ミナとイバラの鋭い視線がフレディを射抜く。賑《にぎ》やかな三人にアレクシアは微笑ましそうに目を細めた。

アレクシアのもとにルイがやってきて、ステラに聞こえないように小声で話しかけた。

「……僕、ずっと、姉様を任せるならアレクシア殿下だって思っていたんです」

思いがけない言葉に、アレクシアは目を見張った。

ルイは悪戯《いたずら》っ子《こ》のようにニッと笑って、ステラのもとへと駆けていく。

その背中を見送って、アレクシアは困ったように、でも嬉しそうに笑った。

スコップ、花の種、ジョウロ……花を植えるのに必要なものは、しっかりと用意されていた。

初春とはいえ、昼の日差しはなかなかに強い。

ステラは直接日に当たらないように、完全防備で挑むことにした。

「よし。じゃあ始めようか」

「どんな花が咲くのか楽しみですね、姉様！」

「うん。きっと綺麗な花が咲くと思うわ」

「花ってのは繊細なんだ！　ちゃんと心を込めて植えて世話をしねぇと花は咲かねぇ！　分かったか！」

「フレディ先生、それ五回目です」

「本当に騒がしい人だ……」

賑《にぎ》やかな皆の姿に、思わずステラは笑った。

きっとこの花達は、これまで育ててきたどんな花々よりも美しく咲き誇ることだろう。

ステラが心から信頼した、こんなにも素敵な人達が世話をしてくれるのだから。

◇最期の時間

時間が経つにつれて、ステラの体はまるで石になったかのように動かなくなっていった。

最初は指先。気づけば歩くことさえ難しくなってしまった。

あれだけステラを苦しめた痛みも、今では感じない。

やがて意識も遠のいていき……

目覚めた時には日が沈んでいて、美しい星々の輝く夜空が広がっていた。

「……様！　ね……姉様！」

ステラを呼ぶルイの声が聞こえる。声が震えていて弱々しい。

——泣いてるの……？

私は貴方の笑顔が大好きだから、笑っていてほしい。

ステラはその涙を拭ってあげようと手を伸ばした……つもりだった。

体はステラの言うことをまったく聞いてくれない。

指先一つ動かなくて、目を開けるだけで精一杯だった。

「姉様！　皆様、姉様が目を覚ましました！」

——そういえば、ここはどこかしら？

ステラの部屋とは違う天井。フカフカで、身体を優しく包みこんでくれる高級感のあるベッド。

ステラが借りている王城の部屋だったが、ステラはそれに気づけなかった。腕に付けられた点滴の管を、ステラはただボーッと見つめていた。

駆け寄ってきたミナが、ステラの前で崩れ落ちるようにして泣き出した。

「目を覚ましたんだな、ステラ」

優しく名を呼ぶ声を聞いて、ステラの心が跳ねる。

すぐにアレクシアだと分かった。

彼はステラの手を大きな手で優しく握ってくれた。

きっとこの手は温かいのだろう、とステラは思った。感覚が鈍くなって分からないのだ。

ただ、記憶の中のアレクシアの温もりを思い出せば、感じ取ることができた。

——……もう私、死ぬんだろうな。

ステラは視界の端に、フレディが必死になって本のページを捲る姿を捉えた。それを見て、ステラはとうとうその時が来たのだと悟った。

フレディはステラの命を少しでも延ばせるように、最後まであがいていた。

——自分の最期くらい、自分で分かってる。

幸い、まだ声を出すことができた。

大切な人に最後に言葉を贈るため、ステラは持てる力を振り絞って言葉を紡いだ。

――フレディ先生。

私のために、たくさんの治療を施してくれてありがとう。

先生のおかげで余命を全うすることができた。

たくさんの思い出を作ることができた。


――ミナ。

貴方にはいろいろ無理をさせてしまった。

それでも、私のために頑張ってくれてありがとう。

支えてくれてありがとう。

友達になってくれて、ありがとう。


――ルイ。

この先もずっと、貴方の成長を誰よりも近くで見守っていたかった。

見守ってあげられなくて、ごめんね。けど、貴方なら素敵な未来を切り開けると信じてる。

貴方の人生を貴方らしく生きてね。ずっとずっと応援してるから。

私は、貴方が弟であることを、とても誇りに思う。
本当にありがとう。

――シア。
私のほうこそ……貴方と出逢うことができて嬉しかった。
何度も何度も助けてもらった。感謝してもしきれないほどに。
本当は伝えるつもりのなかった、貴方への気持ちを受け止めてくれてありがとう。
……私に「愛してる」と言ってくれて、ありがとう。

この一週間、ステラはとても幸せだった。
生きてきて良かったと、そう確かに思った。
本当は、死ぬのが怖かった。
死んでしまったら大切なものをなにもかも忘れてしまうのでは？　と思っていたから。
けれど、もう平気。
だって、こんなに大切な人達も、思い出も、全部を忘れるわけがない。

「……ありがとう、皆。こんな私を……愛してくれて」

そこでステラの意識は途切れた。

ステラは、一生覚めることのない永遠の眠りについたのだ。

後日談

ステラの葬儀にはたくさんの人達が参列し、ステラの死を悲しんで涙を流した。

ルイはそんな人達を見つめながら、改めて思った。

ステラは……とても愛された人間であったということを。

けれど、これだけ多くの参列者がいるのにもかかわらず、ある人物の姿が一向に見えないことにルイは苛立ちを感じていた。

「ルイ。どうかしたのか？」

キョロキョロと辺りを見渡すルイにアレクシアがそう尋ねる。

「……あの、クラウス様はいらっしゃっていないのですか？」

「そういえばまだ姿を見ていないな」

アレクシアもまた周囲に目をやった。けれど、やはりクラウスの姿はない。

ルイの拳に自然と力が籠もる。

「元とはいえ、あの人は姉様の婚約者だ！　なのになんで葬儀に来ないの⁉　非常識にもほどがあるっ！」

「ルイ。本当に貴方の言う通りよ……」

ルイが怒りを口にした時、後ろから突然声が聞こえた。

弾かれたようにルイが後ろを振り向くと、そこには眉を下げ、申し訳なさそうな表情を浮かべたアデリック公爵夫人――クラウスの母の姿があった。

泣いたのか夫人の目元が赤くなっている。

クラウスしか子どもがいないアデリック公爵夫人は、ステラを実の子のように可愛がっていた。可愛い洋服を着せたり、流行りの髪型にしたり……夫人はステラを着飾らせることが大好きだった。

そして着飾ったステラが、「すごく素敵……！　ありがとうございます！」と花のような笑みを浮かべる、そのやりとりも大好きだった。

療養のために三年間会えず、戻ってきてからもあまり顔を合わせる機会がなかったのを、夫人は残念に思っていた。久々にたくさん話をしたいと思っていた矢先に知った、ステラの死。

夫人は震えた声で続けた。

「ルイくん、ごめんね……。連れてこようと思ったのだけれど、どうしても体調が悪いって言って聞かなくて……。本当にごめんなさい」

「アデリック夫人！　泣かないでくださいっ！　夫人はなにも悪くありません！」

「いいえ！　私が……私が気付いていれば二人が引き裂かれることもなかったのっ！」

夫人と公爵は、自分達を強く責めていた。

ステラが留学すると聞いた時、どうして伯爵の「勉学に集中させたいから手紙は御遠慮いただきたい」という言葉を鵜呑みにしてしまったのか。

夫人は、渦巻く後悔という名の海に溺れ、感情のままにルイへの謝罪を繰り返した。

その時、どこからか誰かの話し声が聞こえてきた。

「アデリック公爵。クラウス様は参列されていらっしゃらないのですか？」

「はい。体調が悪いの一点張りで、なかなか部屋から出てこなくて……。本当にお恥ずかしい限りです」

「なにを仰いますか！　婚約者が亡くなったのですから、ショックで体調も悪くなってしまいますよ！　クラウス様は悪くありません。そう責めないであげてください」

それはアデリック公爵と葬儀に参列していた人間の会話だった。それを聞いた瞬間、ルイの中でプツンとなにかが切れた。

「なにも知らない癖に……！」

ルイは唇を噛みしめた。沸き立つ怒りからプルプルとルイの体が震える。

クラウスが悪くない？　そんなはずはない。

ステラという婚約者がいたのにもかかわらず浮気をし、ステラが苦しんでいることも知らないで、たくさん傷つけた。絶対に許せない……と、ルイの中で怒りが沸き上がる。

ルイの拳に力が込められ、血が滲んでも、ルイの怒りは収まらなかった。

◇□◇

アデリック公爵邸にて、クラウスは馬車の止まる音で目を覚ました。

そして時計に目を向ける。

時計の針は気づけばかなり進んでいて、クラウスは自分が眠っていたのだと気づく。窓の外は橙に染まっている。

腫れた目元を擦りながら、クラウスは立ち上がった。

鏡に映った自分を見て、苦笑を浮かべる。

「不細工だなぁ……」

こんな顔を見られたらヒナは幻滅するだろうか？

男前な顔立ちとまではいかなかったが、夫人に似た人好きのする顔立ちをヒナはとても好んでくれた。

「ヒナ。俺は……」

そう呟いた時だった。

コンコンコン。

扉がノックされ、クラウスは息をのんだ。

「坊っちゃま。旦那様がお呼びですよ」

来たのはメイドだった。クラウスはしばらく考えこんだ後、告げる。

「……すぐに向かうと伝えてくれ」

「旦那様に坊っちゃまを連れてくるようにと命じられております。いらっしゃるまで待たせていただきます」

しかし、そんな抵抗も一蹴されてしまった。

もう逃げ場などないのだと気づいたクラウスは、乱れた衣服や髪型を整えると扉を開けた。

メイドは表情一つ変えることなく言った。

「参りましょうか。旦那様がお待ちですよ」

「あぁ」

まるで囚人になった気分だった。


書斎に着くと、クラウスは扉をノックする。

「クラウスです。入ってもよろしいでしょうか？」

「……入りなさい」

少し間が空いてから公爵の声が返ってきた。クラウスには、その間がやけに気になった。

不安を抱きながら、クラウスは静かにドアノブを回した。

書斎には公爵だけでなく、夫人の姿もあった。

クラウスは二人を交互に見つめた後、黙って一礼した。

「……ステラの葬儀にお前が参列しなかったことを、周囲の人達がどう捉えていたと思う？」

その質問にクラウスは目を瞬かせた。

意図が分からなかったが、クラウスは取り繕うことなく答える。

「婚約者であった私が参列しなかったことに、不満を持っているのではないでしょうか？」

「そういう行いをした、というのは自覚しているんだな」

「……まぁ、はい。しかし、私は体調が悪く参列できなかっただけです！　体調が良ければ参列しました！」

「その考え方が甘いのだ、クラウス！　お前はいつになったら目を覚ますんだ!?」

公爵が突然どなり声を上げた。その威圧感に、クラウスは思わず一歩下がる。

公爵は顔を真っ赤にして、続ける。

「ステラの葬儀に参列した方々は私のもとに来ては、お前への見舞いの言葉を言った！　婚約者だからきっと深く傷ついているだろう、体調を崩すのも致し方ないことだ、と！　私は……あまりの恥ずかしさと惨めさでなにも言うことができなかった！　本当は息子は他の女性と浮気し、ステラを苦しめていた愚か者であると、言うことができなかった!!」

「おろ、か……もの？　おれ、が？」

「クラウス。アレクシア殿下からすべて聞いた。お前には心底失望した」

公爵は大きく息を吸う。そして意を決したように言った。

「クラウス。お前を廃嫡とする」

クラウスの頭に、鈍器で殴られたかのような強くて鈍い痛みが走った。

廃嫡。

はいちゃく。

ハイチャク。

何度もその言葉が頭の中をグルグルと回る。

そしてようやく言葉の意味を理解した時、クラウスは身を乗り出した。

「じょ、冗談じゃない！　俺が廃嫡!?」

「お前のこれまでの行いが冗談だったら良かったんだがな。しかし、これは現実だ。クラウス」

「待ってください！　俺を廃嫡にしたら誰がこのアデリック公爵家を継ぐんですか!?　まさか養子でも取るおつもりですか!?」

「そうだ。私はアデリック公爵家に相応《ふさわ》しい人間に跡を継いでもらいたいからな」

「そ、そんな……！」

クラウスは歯をグッと食いしばった。

これまでの行いが、まさかこんな結果を導いてしまうとは思ってもいなかった。

クラウスは、公爵家の当主として領地経営を行いつつ、愛しいヒナと幸せに暮らす未来を思い描いていた。愛の力さえあれば、どんな壁だって乗り越えられるとクラウスは信じていた。

それが今、正反対の方向へと進んでしまっている。

こんな未来、想像していなかった。

一体どこで道を間違えた？

渦巻く困惑と苛立ち。

そして同時に浮かんだのは、ステラの姿だった。

「……そうか。ステラと出会ってしまったことがそもそもの間違いだったんだ。ステラと出会わなければ俺は、俺は……！」

「クラウス、お前はっ！」

公爵が咄嗟《とっさ》に手を上げようとした時だった。

パチン！

盛大に響いた叩く音。

クラウスの右頬は、痛々しいほどに赤く腫れ上がった。

クラウスを叩いたのは、眉間にシワを寄せ、怒りを露わにした夫人だった。

温厚な性格の夫人は、珍しく声を荒らげた。

「ステラちゃんを責めないで！　あの子はなにも悪くなんかないじゃない！　ねぇ、クラウス。お願いだから現実を見て、逃げないで。ちゃんと……ステラちゃんの死と向き合いなさいっ！　そして……反省してちょうだい」

夫人の言葉に目を見開いたクラウスは、唇をギュッと噛みしめた後、部屋を飛び出した。

向かう先は一つだった。

「坊っちゃま!?　どこに行かれるんです!?」

メイドが呼び止める声を無視し、クラウスは屋敷を飛び出した。

廃嫡？

アデリック公爵家に相応《ふさわ》しくない？

一体どこで道を間違えた？

やはりステラと出会ってしまったから俺は……！

「あれ？　クラウス？」

「ヒ、ナ……？」

「今から丁度別邸に向かおうとしてたんだ～。……なんだか顔色悪いよ？」

ヒナの小さな手がクラウスの頬にそっと触れる。

温かくて優しいその手のひら。

ステラと出会わなければヒナと出会うことはなかった。

じゃあ、ステラとの出会いは間違いではなかった？

……もうなにも考えたくない。

クラウスは、自分を心配そうに見つめるヒナを抱きしめたくて仕方なかった。

愛しいヒナ。

クラウスの、唯一の光。

「本当にどうしたの？　大丈夫？」

「……じゃない」

「そっか。取り敢えず、私の家に来る？　今両親も弟も家にいないから」

「助かる……」

ヒナはクラウスの手をとり、歩きはじめた。

クラウスには、小さくて華奢《きゃしゃ》なヒナの背中がとても逞《たくま》しく見えた。


それからしばらく歩いて、二人はヒナの家へとやってきた。ヒナの家に来るのは初めてだったが、緊張はしなかった。

導かれるまま椅子に座る。

隣に座ったヒナは、クラウスの顔を覗きこんで言った。

「もしかしてお家の人と喧嘩《けんか》でもしたの？」

「……喧嘩《けんか》なんて可愛いものじゃない」

「じゃあなにがあったの？」

「……ステラが死んだんだ」

「え……」

その言葉にヒナが固まった。

「病死らしい。この前、城に呼ばれて出かけただろ？　あの日、ステラの両親の裁判があって、その時にステラの病気のことを知った。それからすぐに死んだんだ。それで両親と揉めた。そしてついさっき、廃嫡を言い渡された」

「はい、ちゃ……く？」

さすがにヒナも驚いた様子だった。

——だけど大丈夫だ、なにがあってもヒナを幸せにしてみせる。だって俺はヒナを愛しているから。

クラウスがそんな思いから、ヒナに手を伸ばそうとした時、ヒナが問いかけた。

「クラウスはこれからどうなるの？　貴族では……あるんだよね？」

「え、いや、あの様子じゃ家を追い出されるのも時間の問題だろうな……」

父と母の怒りに満ちた表情を思い出し、クラウスは苦笑した。

まぁ、それでもいいんじゃないかと思いはじめていた。

ヒナとならどこにだって行ける。

小さな村で二人で暮らして家庭を築いて、店を経営したりして……

そんなクラウスの思いを、ヒナの一言が破り捨てた。

「貴族じゃないクラウスになんて魅力を感じない」

「は……？」

クラウスの地位しか見ていなかった、ということだった。

——愛してる、クラウスが必要だと、そう言ってくれたじゃないか……

「いや、そもそもの話。婚約者がいるのにフラフラ～って現れた私に心奪われる男に、惚れるわけないんだよねぇ。だって自分もされるかもって思うじゃん？　それに私、実家が貧乏だから裕福になりたいの。クラウスが貴族じゃなくなるなら、その夢も叶わないし」

「ヒナ、お前！　俺を愛してるって言っていたじゃないか!!」

「馬鹿なの？　『愛してる』なんて言葉、簡単に言えちゃうの。たとえ、本気じゃなくてもね」

クラウスは耳を塞ぎたくなった。

ヒナは金色の髪をなびかせながら、不敵に笑う。

「初めて会った時はまだ可愛げあってさ～。私も好きだったよ、クラウスのこと。だんだん性格キツくなっていくのが嫌だったけど、お金のためにって我慢してたの。でも……貴族じゃなくなるなら、クラウスはもう必要ないや」

鈍器で殴られたかのような衝撃だった。あまりにも残酷な現実に頭が痛む。

――誰か、夢だと言ってくれ。ステラの死も、ヒナの言葉も。いや、俺の人生すべてを夢だと言ってほしい。

「けど、ステラさんは本当に可哀想。クラウスってば、自分を愛してくれた人を捨ててさ～。最低だよね」

「本当に、愛してくれた人？」

「そう。ステラさんは、クラウスのことを心の底から愛してたと思うよ？　クラウスみたいな男のどこがいいの？　って話だけどさ。きっとステラさんは昔のクラウスのことが忘れられなかったんだろうね。私も出会った当時のクラウスのこと、本当に好きだったもん。今は違うけどね」

「……俺は、そんなに変わったのか？」

「うん。別人みたいにね」

クラウスには、なにが変わったのかまったく分からなかった。

クラウスの頬を涙が伝う。

悲しくて、それ以上の苦しい気持ちと激しくなる頭痛に、クラウスは頭を抱えた。

手をひいてくれたステラの姿が、クラウスの頭の中に浮かんだ。

——なんで今思い出すんだよ。散々傷つけたのに。

クラウスはゆっくり立ち上がった。

「クラウス？」

「帰る」

「そっか。じゃあこれでバイバイだね。ねぇ、これからどうするの？」

「……お前には関係ない」

クラウスがそう吐き捨てると、ヒナが一瞬傷ついたような顔をしたが、気のせいだろう。

「おい、ヒナ！　また作業サボったろ！　何回言えば……って誰？」

突然扉が開いたかと思えば、ヒナにそっくりな十歳ぐらいの少年が姿を現した。

「すまない、通してもらうぞ」

「あ。はい……」

クラウスは少年の横を通って家を出た。

「おい、ヒナ。さすがに男を連れこむのはやばいぞ！　リュードが知ったらどうするんだよ！」

「バレなきゃ平気だって」

その言葉で、ヒナに他に男がいたことを悟る。

「帰るか……」

クラウスは自分の居場所はどこにもないのだと分かった。ヒナの他に、クラウスに居場所と呼べるものは公爵家しかなかった。

諦めて、クラウスは公爵邸に戻っていった。


クラウスを迎え入れた使用人は、眉間にシワを寄せてコソコソと噂話をした。見損なった、廃嫡で当然……そんな声があちこちから聞こえてくる。

クラウスは唇を噛みしめ、苛立ちを感じながら廊下《ろうか》を進んだ。

早く静かな場所で一人になりたかったが、早足で進むクラウスを引き止めるように、公爵の書斎の扉が開いた。

「……随分戻るのが早かったな。てっきり浮気相手と駆け落ちでもするのかと思っていたぞ」

「捨てられました。爵位のない俺には興味がないそうですよ」

クラウスがまるで他人事のように言うと、公爵は納得したように頷いた。

「……やはりか。お前の浮気相手の少女については、調べていた。予想通りだ」

「調べていた？　一体いつから知っていたんですか？」

「去年だ。アレクシア殿下に、ステラの婚約者でありながら他の女性と浮気をしている、と教えていただいたのだ。公爵家として、相手がどのような女性なのか調べるのは当然だろう」

「なるほど。すべて筒抜けだった……ということですね」

アレクシアはクラウスが平民の女性に近づいていることを知り、公爵に報告していた。想いを寄せるステラが、いつか報われることを願っていたのだ。

クラウスはそんなアレクシアの思いを推測したが、もう済んだことだと頭をグシャグシャ掻いた。

「クラウス。お前はこれからどうする？　愛を誓っていた女性には逃げられた。婚約者のステラも……もういない。廃嫡されるお前が、これからできることはなんだ？」

「……それ、は……」

公爵の問いに、クラウスはなにも答えることができずに黙りこんだ。

そんなクラウスに、公爵は盛大なため息を吐いた。

「……クラウス。一ついいか？」

「な、なんでしょう…？」

「目は覚めたか？」

「……はい？」

クラウスにはその言葉の意味が分からなかった。

目が覚めているから、今ここにいて、考えて、立って、話しているのだろう。

「……まぁいい。お前はこれから先、どうするのかを考えろ。そして、早く目を覚ませ。そろそろ現実を見なさい」

そう言って、公爵は行ってしまった。

だんだん遠くなっていく後ろ姿を見つめて、クラウスは拳を握りしめた。

「なんだよ、現実って……クソ！」


部屋に戻ったクラウスは、扉に鍵をかけてベッドに身を放り出した。天井を見上げ、手を伸ばす。

もうクラウスにはなにもない。

嫡男という立場も、愛する人も、周囲の信頼も、未来も……全部、全部失った。

「お先真っ暗とはまさにこのことだな」

寝返りをうつ。

もうこのまま眠ってしまいたい、とクラウスは思った。

覚めない眠りでもいい。深い眠りについて、そして……

その時、あるものが視界に入り、クラウスは飛び起きた。

「……返すのを忘れていたな」

机の上に放置された、ステラから借りた一冊の本。ステラが愛読していた小説の続編だ。

本を読んで返す前に、ステラはこの世から旅立ってしまった。

クラウスが本を読んでいないと告げた時、ステラはなんと言っただろうか。

『……そうですか。でも、大丈夫ですよ。もう読まなくて』

やけにすんなりと身を引くことを不自然に思いつつも、クラウスは詮索することなくステラの言葉を受け入れた。

「……もう遅いことくらい分かってる」

クラウスはそう呟くと、椅子に腰を下ろした。この本を読んだら、なにかが分かるような気がした。

本を読み終えた時には、辺りはすっかり明るくなっていた。

カーテンの隙間から差しこむ太陽の光で、クラウスは自分が寝ずに本に夢中になっていたことに気づいた。

難しい言葉の数々。複雑な言い回し。登場人物達の歪んだ愛や欲。

どれも当時の俺には理解できなかった。だから、すぐに読むのをやめてしまったことを思い出した。

ステラが愛読していたその物語は、一人の少女が主人公だ。

主人公は、鳥籠の中で生きるような自由を知らない少女。

まだ幼かった少女に背負わされたのは大きな期待、愛、嫌悪、嫉妬。両親からたくさんの愛を注がれ、そして大きな期待を寄せられた。婚約者からは歪んではいたが愛され、大切にされていた。妹との仲も良好だった。

しかし妹は、周囲からたくさんの愛を注がれ期待を寄せられた少女に嫉妬を覚えていた。

多くのものを背負いながらも、期待に応えることしか生きる道がなかった少女は真っ当に生きようとする。

周りが望む自分を演じ、少女は自分を押し殺していく。

物語が終わりに近づく頃には、少女の心はズタズタになっていた。

そしてラスト。

両親は少女を突き放した。壊れたお前にもう用はない、と。

婚約者が少女を捨て、違う少女を選んだ。お前は可愛げがなくてつまらないから、と。

妹はまた、少女の前から姿を消した。壊れた姉様を慕うことはもうできないから、と。

壊れかけていた少女の心は、ズタズタに引き裂かれて……崩壊した。

改めて読んで、クラウスはステラが当時この本を好んでいた理由が分かったような気がした。

もしかしたら、ステラはこの物語の展開に自分に近いものを感じ取っていたのかもしれない。

クラウスは続編も読んだ。

崩壊した少女の前に突如現れたのは、一人の男。

その男は壊れた少女の心に寄り添い、そして手を差し伸べた。

最初は戸惑っていた少女だったが、その男と過ごしていくうちに徐々に心が癒《い》えていく。

そして最後、ボロボロだった少女は愛の力によって救われる。少女はその男と結婚し、幸せに暮らす。

物語はハッピーエンドを迎えるのだ。


ステラが続編を読んで『羨ましい』と思ったのは、この物語の少女のように自分も救われたかったからだ。クラウスはそう思った。

そして同時に、ステラがこの物語のような人生を送れなかったのは、余命と、自分のせいだと理解した。

クラウスは、ずっと自分がステラを苦しめたという事実に目を背けてきた。

ステラと離れ離れになって辛かった。ステラに捨てられたのだと思った。もう惨めな思いをしたくなくて、辛くて、クラウスはステラへの想いを断ち切った。

だからこそ、ステラが再び目の前に現れた時、クラウスはステラを突き放した。言葉で、態度で、ステラを傷つけた。

ステラの身に起きたことを知ろうとせず、ただ自分を守り続けた。

ステラの死を知った時もそうだった。クラウスはステラを勝手に悪者にすることで、自分自身を肯定した。ステラの身になにがあったのか分かったのに。

後悔と己の愚かさに押しつぶされてしまいそうだったから、そうやって自分を守ったのだ。

『ステラちゃんを責めないで！　あの子はなにも悪くなんかないじゃない！　ねぇ、クラウス。お願いだから現実を見て、逃げないで。ちゃんと……ステラちゃんの死と向き合いなさいっ！　そして……反省してちょうだい』

『クラウス。目は覚めたか？』

「……俺は……俺は。なんて愚かなことをしてしまったんだ……!!」

クラウスはその場で泣き崩れた。

自分の大切なものを守るために、ただ頑張っていただけのステラに、自分はなにをした？

ヒナとの仲を見せつけ、手ひどく拒絶した。

ステラは本の少女と自分を重ねながら、心の中で誰かに必死に助けを求めていたのに。

クラウスの頭の中を、ステラと過ごした数々の記憶が巡った。

出会った時のこと、婚約した時のこと、そしてステラと一緒に過ごした四日間。

昔に戻れたようなやりとりが、クラウスは本当は嬉しかった。

今更遅いと分かっている。気づくのも……反省するのも。

朝の日差しが部屋へと差しこんだ。

小鳥のさえずりが聞こえる早朝、クラウスは目を伏せた。

「……そうだったのか」

クラウスはそう呟くと、本を静かに閉じた。

「ステラは、これを俺に伝えたかったのか」

クラウスの頬に涙が伝った。ステラが亡くなって以来、彼女のために初めて流した涙だった。


――ようやく目が覚めた。

◇□◇

ヒナがクラウスと出会ったのは今から二年前。

ヒナは農家である両親のもとに生まれて、幼い頃から家の手伝いをしながら生きてきた。

太陽は、まだ涼しい季節でも、容赦なく照りつけてくる。

そんな眩しい日差しを浴びながらの農作業は地獄そのものでヒナは農家の娘に生まれたことを恨んだ。

ヒナは、街で見かける煌びやかな洋服に身を包んだ、お人形みたいな上品で綺麗な令嬢が羨ましくて仕方なかった。

泥だらけで汗だらけのヒナと違って、貴族は綺麗でキラキラしている。

ヒナはいつしか、自分もそんな暮らしがしたいと思うようになっていた。しかし、現実はそう甘くないことも思い知っていた。貴族のような裕福な暮らしを送ることなんて、平民にはできないのだ。


そんなある日のこと。ヒナは収穫した芋の土をはらい、籠にしまっていた。

「ねぇ、もしかして今年も収穫量減った？」

「今更気づいたのか？　まぁ、お前、最近まったく手伝ってなかったしな。そりゃあそうか」

五つ下の弟、ヨウの生意気な言動にヒナは苛立った。

ただでさえこの暑さと手伝いで不機嫌だったヒナは、ヨウの生意気な言動にさらに不機嫌になった。

「あぁーもう!!　なんでこんなに可愛い私が芋の収穫をしなきゃならないのっ!!　絶対におかしいーー！」

「急に叫ぶなよ！　なにが『可愛い私』だ！　さっさと手を動かさないと出荷に間に合わなくなるだろう！」

出荷しないとお金は手に入らない。お金がないとご飯も食べられなくなる。

――死ぬのは絶対に嫌っ！　私の人生がこんな芋臭い場所で終わっていいはずがないもんっ！

嫌々手を動かし、それからしばらくして作業は終わった。

しかしまだ仕事は残っている。ヒナはヨウと、芋の入った籠を荷台に積みこんだ。

今から自分がこれを商店街に運んでいかないといけないと思うと、ヒナはゾッとした。

「ああああああぁぁぁ！　もう、最悪～!!　早く私の白馬の王子様、迎えに来てよー!!」


「いつもご苦労様。これ、お金ね。なくさないように帰るんだよ」

「はい。ありがとうございます」

頬に伝う汗を拭いつつ、ヒナが帰る支度をしていると、ふと小さな声が聞こえた。

「ヨウ。ちょっと待ってて！」

「え、ヒナ!?」

ヒナは声のした路地裏へと向かった。

少しためらいつつも、ヒナは勇気を出して路地裏を進んでいった。

そして……

「見つけた」

「っ!?」

「こんな暗いところで泣いてどうしたの？」

うずくまる少年に出会った。

「平気？　立てる？」

「……ありがとう。けど、ここにいたくているんだ。だから放っておいてほしい」

そう言って彼はまた顔を伏せた。

「服装からして貴族だよね？　貴方みたいな人がこんな所にいたら危ないと思うよ。だから早く行こう」

「……別にいいよ。そのためにここに来たから」

そう言った少年の瞳を、ヒナは今も忘れられない。

絶望の底にいるような光を一切宿さない瞳。

気づくと、ヒナは彼の手をとって路地裏から飛び出していた。

「なにがあったか分からないけど、貴方の身になにかあって傷つく人だっているんだよっ！　だから簡単に自分の身を放り投げちゃ駄目っ！」

ご飯を食べられるかも危ういような毎日なのに、華やかでなに不自由ない暮らしをしているはずの貴族様が簡単に命を投げ出そうとしているのが許せなかったヒナは、思わず彼を叱ってしまった。

「……俺を必要とする人なんていないよ」

「じゃあ私がなってあげる」

「え…？」

「だから……私が貴方を必要としてあげるって言ってるの！」

――それが、私とクラウスの出会いだった。

出会った当時のクラウスは、白馬の王子様……とはほど遠い人だった。

ただ、捨て猫を見捨てられなくて仕方なく拾ったような……そんな気持ちで、ヒナは『必要としてあげる』と言った。そう言ったあの日のことを、ヒナは後悔していない。

恋とは少し違う、友人に対して向けるような気持ちを、ヒナはクラウスに寄せていた。

でも、期待をしていなかったといえば嘘になる。

もし本当に結婚できるのなら結婚していただろう。貴族になれたら畑仕事にさようならできるし、食べ物の心配も必要ない。

けれど、ヒナの心にはクラウスに対する嫉妬心のようなものもあった。彼の傍で優雅で怠惰な生活を経験して、こんな生活を貴族は毎日送っているのだと知ってしまうと、自分の生活はなんなのだろうと思ってしまった。

だからかもしれない。羨ましい貴族令嬢の代表のようなステラが愛する人が、自分のことを好きでいることに優越感を抱いていた。

なんの苦労もしていない貴族様に勝てたみたいで、ヒナにはそれがすごくすごく心地良かった。

しかし、ヒナはこのような事態は想像していなかった。

ステラが病死して、クラウスが廃嫡されるなんて。

「リュードの所行ってくるっ！」

ヒナはめいっぱいお洒落をして、リビングにいた家族にそう告げる。

「あら？　てっきり別れたとばかり思ってたのに……どう思う、ヨウ？」

「知らない。学園行ってきます」

「気をつけて行ってこいよ」

「うん」

リュードはこの付近の農家の中で一番広大な畑を持つ家庭の一人息子だった。クラウスとの関係が終わってしまった以上、ヒナが縋る相手は彼しかいなかった。

「パンケーキのお店に行こうかな～」

ヒナが家の外に出た時だった。

「ヒナさん、ですね？」

「……へ？」

「私はアレクシア殿下の第一護衛騎士、イバラと申します。ステラ・リーリエント嬢の件で貴方にとある容疑がかけられています。ご同行願えますか？」

真っ赤な炎みたいな髪をした男の人の言葉に、ヒナの頭は真っ白になった。

——容疑ってなに？　ただの浮気相手だった私のなにが悪いの？　クラウスが悪いのに……‼

ヒナは自分の中で言い訳を並べ立てたが、イバラが再び「ご同行願えますか？」と言うと頷いた。

「つ、ついていきます！　だから命だけはっ！」

「それは私が決めることではないので」

「うっ……」

恐怖で震えるヒナは、イバラに連れられて、王城にやってきた。

王城はヒナが憧れてきた絵本の何倍も大きくて綺麗で、思わずヒナの心は躍《おど》った。

「ねぇ、騎士様。一体私はどうなるの？　私、怖いよぉ……」

「それは私にも分かりません」

硬い声のイバラは、取り合おうとしない。

——男の人は私が上目遣いをしたり、甘い声で囁《ささや》けば簡単に落ちたのに、この騎士様には通用しないみたい。


「どうぞ、こちらへ」

イバラに通されたのは、ヒナが見たことがないほど華やかな部屋だった。

天井には大きなシャンデリア。綺麗な花が飾られている。

牢屋に連れていかれると思っていたヒナは、驚いていた。

その時、扉が開く音がしてアレクシアが部屋に入ってきた。彼の顔を見て、ヒナの胸が大きく高鳴る。

手入れされた綺麗な黒髪。透き通ったベージュの瞳。

絵本から本当に出てきたような王子様の登場に、ヒナは我を忘れて呟いた。

「お、王子様……？」

「はい。私は第二王子ですが……」

——王子様って声までかっこいいの⁉

ヒナはアレクシアの顔をもっと近くで見ようと、一歩近づく。

「あの、私、ヒナと言います！　えっと、突然お城に呼ばれて驚いたんですけど、でも良かったっていうか！」

「……はい？」

——戸惑った顔も素敵……！

ヒナは呼ばれた理由も忘れて、アレクシアの美貌に見入った。

「殿下に対し無礼だぞ。すぐに下がれ」

「……はーい」

イバラがヒナとアレクシアの間に入り、強制的に距離を置かせた。

「殿下。大丈夫ですか？」

「なにもされてないから平気だ。ヒナさん。どうぞ座って」

「し、失礼しまぁす……」

ヒナは浮かれすぎたことを自覚し、おとなしく引き下がった。

「手荒な真似をしてしまい、すみません。しかし、どうしてもヒナさんからお聞きしたいことがありまして」

「そっちの騎士様からステラさんの件でって聞いていますけど……私、悪いことなんて少しくらいしかしてないですよ！」

反省してるという顔をしたら、命までとられることはないだろう。ヒナはそう考えて、少し瞳をうるませて、反省した振りをした。

「ステラさんにはもちろん申し訳ないことしたって思っています。けど、クラウスも悪いと思います！　婚約者がいるのに私と浮気することを選んだのはクラウスですしっ！」

ヒナの言葉にアレクシアはしばらく沈黙してから口を開いた。

「よろしければ、クラウスとヒナさんの出会いについて聞かせてもらえませんか？」

「じ、事情聴取ってやつですか？」

「いえ。ただ、知りたいのです」

それからヒナは、クラウスとの出会いをアレクシアに話して聞かせた。ステラとクラウスの仲を掻き乱すつもりはなかったのだと強調する。

「けど、ステラさんが亡くなって私……すごく後悔してるんですっ！　だってステラさん、クラウスのこと愛してたのに……私があの時、クラウスと出会ってしまったから……」

ヒナは名演技だと自画自賛していた。泣いた振りも添えることで、反省していると感じられるだろう。

――目の前で涙を流す可愛らしい少女に、王子様がする行動なんて一つしかないよね。

――絵本の中で王子様は涙を流すヒロインに手を差し伸べて、助けてくれるの。

――だからきっとアレクシア殿下も……

「話してくださりありがとうございます。ですが、婚約者がいると分かっていながら貴方は身を引かなかった。それに理由はありますか？」

「え、えっと……だって愛し合ってたから」

「愛し合っていたとしても、婚約者がいる相手と浮気していいことにはなりませんよね？」

「そ、そうだけど！　でも私だけが悪いわけではないです！　クラウスだって悪いじゃないですか！」

「確かに二人共に非がありますね。……実は今回、貴方をここにお呼びしたのは、アデリック公爵に頼まれたからなんです」

──アデリック公爵家!?

──まさかクラウスが私を罰しようとしてるとか!?　捨てられた腹いせに!?

嫌な考えがグルグルとヒナの頭の中を巡る。

「公爵はステラの尊厳を傷うけた貴方を罰したいと言っています。もちろん、クラウスも同様に」

「ば、罰する、って！　こ……これだから貴族は大嫌いなのよっ！　力があるからって、簡単に平民を力でねじ伏せて!!　た、確かにステラさんを傷つけたのは事実だけど……でも、そんな……」

「……貴方との出会いで、確かにクラウスは救われたでしょう。しかし、ヒナさんもクラウスも互いの立場を理解せずに欲に溺れた。その結果、二人はステラを苦しめた。その行いに公爵は……いえ、私自身も怒りを感じています」

アレクシアは平静を装って言った。

それを見て、ヒナはアレクシアがステラのことをとても大切に思っているのだと感じた。

「ですが、ステラは……貴方に怒りの感情を持ってはいないようでした」

「え……？」

「前に私が、ヒナさんのことが憎くはないのかと尋ねたら、彼女はこう言ったんです。『むしろその逆です。二人には幸せになってもらいたいです』と」

ヒナには理解ができなかった。

普通、好きな相手を奪われたら憎くて仕方ないはずだ。ヒナはただクラウスの身分に惹かれていただけだったが、それでもステラを思っている様子に独占欲が湧き上がったのだ。

——なのに、なんでステラさんはそんなことを……

それからアレクシアは、ヒナにステラの話をした。

治療中のステラがなにを思い耐えていたのか、どんな事情を抱えていたのか。そして……どんな思いをクラウスに抱いていたのか。

「ステラは、自分の命が残りわずかなことを知っていた。だから……身を引こうと考えていた。クラウスには幸せになってもらいたい。だから、クラウスの愛する人を憎むことなどできない、と」

ヒナは、貴族は華やかな衣服に身を包んで、苦労を知らない怠惰で贅沢な暮らしを送る人ばかりだと思っていた。

しかし、アレクシアの話を聞いて、ステラは貴族でも自分よりもたくさんたくさん苦労して生きていたのだと思った。

「……おそらくクラウスもヒナさんも、なにかしらの罰を受けることになると思います。でも……お二人は愛し合っているのでしょう？　幸せな生活を送ることができるかもしれませんよ」

「……クラウスとの関係はもう終わりました。だから幸せになんかなれません」

ヒナの言葉に、アレクシアは目を見開いた。

「別にクラウスに恋心なんてなかったんです。私はただ、華やかな暮らしをしたかったの。泥だらけになって畑仕事をするのが嫌だったから。生活が苦しかったから。……だからクラウスと一緒にいました。けど彼、廃嫡されたから。必要ないから、もう関係は終わらせたんです」

ヒナはここで嘘を吐いても仕方ないと分かったため、隠さずに伝えた。

「……あの、ステラさんのお墓の場所を教えてもらえないでしょうか。自分の行いがどれだけステラさんを傷つけたか、十分理解しました。だから、謝りたいんです。謝って済む話じゃないと思うけど……しっかり償いますから」

気づくとヒナは泣き出していた。

自分がなにをしてしまったのか、自分の行いがどれだけステラを傷つけたのか、それを理解したのだ。

ステラはもういない。

直接謝れないのがひどくもどかしくて、胸が痛い。

ヒナが落ち着いた頃には、すでにアレクシアはいなかった。ヒナは騎士達に連れられ、その場を後にした。

それからヒナはステラの墓へと向かった。

「ステラさん。本当に……ごめんなさい」

ヒナは、ステラに謝罪の言葉を伝えた。

——これから私は、自分が犯した罪を背負いながら生きていく。

——到底許されない、もうこの世にはいない一人の女の子を苦しめてしまった罪を背負って。

この作品に対する皆様のご意見・ご感想をお待ちしております。

おハガキ・お手紙は以下の宛先にお送りください。

【宛先】

〒150-6019 東京都渋谷区恵比寿 4-20-3 恵比寿ｶﾞｰﾃﾞﾝﾌﾟﾚｲｽﾀﾜｰ 19F
（株）アルファポリス　書籍感想係

メールフォームでのご意見・ご感想は右のＱＲコードから、
あるいは以下のワードで検索をかけてください。

アルファポリス　書籍の感想　検索

ご感想はこちらから

本書は、「アルファポリス」（https://www.alphapolis.co.jp/）に掲載されていたものを、
改稿、加筆のうえ、書籍化したものです。

余命一週間《よめいいっしゅうかん》を言《い》い渡《わた》された伯爵令嬢《はくしゃくれいじょう》の最期《さいご》

～貴方《あなた》は最期《さいご》まで私《わたし》を愛《あい》してはくれませんでした～

流雲青人（りゅううん はると）

2024年 10月 5日初版発行

編集ー星川ちひろ
編集長ー倉持真理
発行者ー梶本雄介
発行所ー株式会社アルファポリス
〒150-6019 東京都渋谷区恵比寿4-20-3 恵比寿ｶﾞｰﾃﾞﾝﾌﾟﾚｲｽﾀﾜｰ19F
TEL 03-6277-1601（営業） 03-6277-1602（編集）
URL https://www.alphapolis.co.jp/
発売元ー株式会社星雲社（共同出版社・流通責任出版社）
〒112-0005 東京都文京区水道1-3-30
TEL 03-3868-3275
装丁・本文イラストーザネリ
装丁デザインーAFTERGLOW
（レーベルフォーマットデザインーansyyqdesign）
印刷ー中央精版印刷株式会社

価格はカバーに表示されてあります。

落丁乱丁の場合はアルファポリスまでご連絡ください。

送料は小社負担でお取り替えします。


ISBN978-4-434-34086-4 C0093